AFRIKKALAISTYTÖN TARINA

Helli Karimus

AFRIKKALAISTYTÖN

TARINA

Afrikkalaistytön tarina
© 2018 Helli Karimus
Kustantaja Books on Gemand, Helsinki, Suomi
Valmistaja: Books on Demand, Norderstedt, Saksa
Julkaisuvuosi 2018
Tekijä: Helli Karimus
Tekstin oikoluku: Merja Suomela
ISBN 978-952-80-0534-6

Alkulause

Haluan kiittää lukijoitani mielenkiinnosta kirjaani kohtaan, jossa eletään Afrikassa ja päähenkilö koettaa pysyä elossa. Matkalle löytyy kaverikin. He haluavat pois pimeästä Afrikasta Eurooppaan ja onnistuvatkin pääsemän pois Afrikasta.

Johdanto

Tässä on kirja tosiasioista Afrikasta, kirja kertoo pimeistä puolista siellä.

Saavutaan Afrikan maaseudulle, jossa kehitys on hidasta. Sieltä löytyy kuitenkin Afrikan sydän, jossa taistellaan olemassaolosta, kynsin hampain elämästä. Päähenkilö koettaa selvitä matkasta kävellen Afrikan halki. Hän haluaa matkustaa Eurooppaan ja onnistuukin.

Etelä-Afrikan naiset ja tytöt.

1. luku

Etelä-Afrikassa asuu köyhiä afrikkalaisia, jotka asuvat huonoissa oloissa. Eikä heillä ole vettäkään tarpeeksi, ruokaakaan ei ole tarpeeksi. Silti jaksavat elää, lapset kasvavat ja kehittyvät, moni kuolee nälkäänkin. Sitten on punainen risti sekä Unicef, jotka auttavat. Mutta osa käyttää naisia ja lapsia hyväkseen. Raiskaavat ja kiusaavat ja jäävät rangaistusta vaille. Sitten on afrikkalaisia sotilaita, jotka tuhoavat kyliä. Tappavat ja raiskaavat.

Niinpä erään kerran afrikkalainen sotilaiden joukko tuli kylään, jossa oli kymmenkunta savimajaa. Majoja, joissa naiset ja lapset asuivat. Miehet olivat lähtenet joukolla sotaan muualle.

Tai tapettu kylä oli pieni ja harventunut.

Sinne kylään afrikkalaiset sotilaat tulivat, ja eräs mies äkkäsi yhdeksänvuotiaan tytön ja halusi tämän. Tyttö huomasi miehen ja lähti äitinsä kanssa karkuun pitkin aavikkoa, niin kutsuttua metsää, missä oli harvakseltaan puita, enimmäkseen heinää.

Tyttö pakeni nopeammin kuin äitinsä. Miehet saivat äidin kiinni ja raiskasivat tämän sekä tappoivat tämän tytön katsellessa kauempaa.

Hän juoksi ja juoksi, miesten oli vaikea pysytellä perässä. Miehet olivat halkaisseet äidin kahtia terävillä veitsillään. Verta oli kivien päällä ja maassa, naisen suusta tuli veri. Koko ruumis oli yhtenä tohjona.

Tyttö pelkäsi itselleen samaa kohtaloa, joka varmasti häntä odottaisi, jos jäisi kiinni. Niinpä hän kiipesi puuhun toivoen, etteivät sotilaat äkkäisi häntä ja tulisi perässä.

Mutta ei, he tulivat puun juurelle ihmetellen, missä tyttö oli, kun yksi huomasi tytön. Toinen kiipesi perässä, tavoitti tytön jalan ja kiskoi tytön alas puusta. Tyttö huusi ja kirkui ja itki, hänellä oli mekko päällään niin kuin äidilläänkin oli ollut. Nopeasti se oli riisuttu ja miehet vuoron perään tyydyttivät itsensä yhdeksänvuotiaaseen Sabineen. Tyttö oli rikki ja likainen, veren ja sperman peitossa.

Miehet eivät tunteneet sääliä lastakaan kohtaan, vaikka heillä saattoi olla itsellään lapsia jossain kylässä. Ehkä heillekin tehtiin väkivaltaa samalla lailla kuin Sabinelle oli tehty. Sabinen oksentaessa miehet kirosivat ja odottivat, sitten tekivät tytön suuhun, jolloin tämä tukehtui. Onneksi tuli loppu – kymmenen miestä yhdelle pienelle tytölle.

2. luku

Toisaalla viisivuotias tyttö joutui aikamiesten saaliiksi. Kuoli hänkin. Paikat repesivät, ja hän kuoli verenhukkaan sekä itse raiskaukseen. Veren ja sperman haju oli kauhea.

Tällaista tapahtui kaiken aikaa kaikenikäisille naisille ja lapsille. Kun sotilaat tulivat, tiesi se varmaa kuolemaa ja raiskausta, kitumista.

Sitten eräs tyttö, Ambra, palasi kotiin paimenesta. Kun hän tuli kotikylään kotilietensä luo, hän löysi kuolleena äitinsä, joka oli ollut raskaana, halkaistuna makaamassa veressään, pikkuveljen nököttäessä vieressä tolkuttomassa tilassa. Sotilaat olivat käyneet, tuhonneet kylän. Savimajoja, raatoja joka puolella. Ambra käveli niiden joukossa ja löysi sukulaisiaan tapettuna ja silvottuna: täti ja mummo sekä serkku. Tytön ja pojan, jotka makasivat sylikkäin, riekaleina.

Ambra itki ja oksensi ja mietti, tulisivatko sotilaat takaisin. Hän ei tiennyt, mitä tehdä ja miksi hän oli elossa, kun muut olivat kuolleet kauhealla tavalla, sotilaat olivat tosiaan tulleet.

Koulullekin olivat tulleet ja tappaneet ja raiskanneet koululapsia. Osa oli päässyt aikaisemmin pois, joten olivat kotimatkalla, kun sotilaat, jotka olivat itsekin afrikkalaisia, kävivät koulurakennuksen kimppuun ja tappoivat ja raiskasivat koululapsia, samoin opettajan, joka oli hengettömänä. Oppivälineet hujan hajan. Maakoulu, joka oli maaseudulla, pidettiin jonkinlaisen suojan alla. Se oli tuhottu.

Ambra meni pelloille etsien jotain syötävää. Hän poimi ravinnokseen maissia ja juureksia. Vettäkin löytyi läheisestä joen uomasta, joka oli melkein kuivunut. Aurinko porotti kuumasti niin kuin aina Afrikassa. Hänen ja muiden pelastuneiden oli lähdettävä kylästä. Raadot vetivät puoleensa villieläimiä, niinpä siellä ei ollut turvallista. Tauditkin voisivat lisääntyä ja sotilaat voisivat palata. Pelastuneita oli joukko koululaisia, ja he lähtivät kulkemaan jonnekin kylään – jos sitä ei olisi tuhottu.

3. luku

Mutta sielläkin olivat käyneet sotilaat, koko kylä majoineen oli sotatantereena. Kuolleita aaseja, kanoja, koiria, kissoja, ihmisiä, pieniä lapsiakin. Kaikki makasivat omassa veressään, lapset heitettynä sinne tänne. Sotilaat oli käyneet viidakkoveitsineen paikalla. Oli puoliksi syöty lehmäkin ja nuotion paikka, joka oli jäänyt sotilailta. He olivat syöneet siinä sekä nukkuneet majassa, minkä jälkeen se oli tuhottu ja osa laitettu palamaan.

Tuhkana majat ja kaikki. Ambra ei joukkoineen voinut jäädä sinnekään. Kuivunut veri yhä houkutteli villieläimiä paikalle. Leijonia, tiikereitä, leopardeja, hyeenoja. Oli selvää, että heidän koululaisten oli jatkettava matkaa. Minne vain, kunhan olisi turvallinen paikka.

Vielä kolmas kylä oli hävitetty, ja heillä oli nälkä ja jano. Onneksi oli peltoja, joissa oli yritetty kasvattaa maissia ja jotain muuta. Niinpä vesi oli haettava kauempaa. Metsän ja vuorten välissä oli joen uoma, josta he ottivat vettä leileihinsä ja ruukkuihinsa. Niitä oli kannettava.

Sinne juomapaikalle oli tallaantunut polku, mistä arvasivat sen vedenhakupaikaksi. Joskus maan alta pulppusi vettä, luonnon ihme, aivan välttämätöntä. He myös yöpyivät joen uoman likellä, vuoroin vahtien villieläimien vuoksi ja käärmeiden. Vaikkei heillä ollut sen kummempaa asetta kun veitsiä. He voisivat ottaa kepit, joilla puolustautua, ja nuotio oli hyvä olla.

He saivat nukkua melko rauhassa, kunnes leopardi tuli ja halusi sammuttaa janonsa, minkä se saikin tehdä rauhassa, sitten jatkoi matkaansa. Sitten tuli leijona. He olivat laittaneet tulen ja olivat sen ympärillä. Leijona karjui ja kaikki pelkäsivät, mutta ne olivat käyneet kuolleitten ihmisten luona ja syöneet niitä. Nyt niiden oli jano. Tulesta huolimatta joivat ja häntäänsä heiluttaen poistuivat paikalta.

Niin he heräsivät jonkin aikaa nukuttuaan auringonnousuun ja hyeenalauman ääniin, joita eläimet päästivät. Hyeenoillakin oli vain jano niiden mässäiltyä ihmisraadoilla. Niille kyllä kelpasi mikä vain raato, niin kuin muillekin eläimille.

Ambra ja muut eivät kyenneet hautaamaan kaikkia ruumiita. Mitä se olisi auttanutkaan, eläimet kyllä haistoivat ne. Peitettynäkin heitä oli noin seitsemän henkeä, joiden koulu oli loppunut aikaisemmin kun muiden. Niinpä he säästyivät selvältä kuolemalta, heidän onnekseen. Vaikka elämä oli kovaa, oli hienoa kuitenkin olla hengissä, olemassa.

4. luku

He olivat kaikki pahasti traumatisoituneita, yksi sun toinen vapisi. Puhe oli epäselvää. Ihan terveitä he eivät olleet, kuitenkin hengissä mustina ja kauniina. He olivat löytäneet tulitikkuja kylästä. Joitain veitsiä, muttei jokaiselle. Heidän oli jatkettava matkaa. Taas jonnekin, missä ei olisi sota, sotilaiden oma sota, jonka he itse aloittivat ja päättivät, jos päättivät. Sisällissota, jota kukaan ei ymmärtänyt, ymmärsivätkö itsekään. Omia vastaan saman maalaisia kanssaihmisiä, oliko joku syy? Mikähän? Vaikea tietää, vielä vaikeampi ymmärtää. Oman maalaisia siskoja ja veljiä tappaa, raadella pahoin kuin villieläimet.

Sellaista vain oli kaikkialla Afrikassa: sotilaat sotivat kenenkään ymmärtämättä. Oliko vain tuhoamisen, raiskaamisen ilosta vapaussotaa? Miksi tappaa afrikkalaisia, mitä iloa oikein oli heille siitä? Olivatko siviilit aarteiden, timanttien, kullan tiellä? Sitä himoitsivat ainakin, sitä Afrikassa tiedettiin olevan. Menisivät suoraan sinne, missä niitä timantteja oli ja kultaa, kukaan ei heitä estänyt. Köyhä kansa ei sellaisesta ymmärtänyt.

He saapuivat neljänteen kylään, jonne koululaisten joukko oli taivaltanut Afrikan halki. Siellä eivät sotilaat olleet käyneet, kanat ja ihmiset olivat vapaina. Ambran joukko kertoi sotilaiden käyneen useassa kylässä hävittämässä koko kyliä. Niistä oli jo kuultu, mutta asia ei koskettanut heitä. Missään ei ollut täysin turvassa, he tajusivat myös. Pakko kuitenkin oli jossain olla, niinpä he olivat omassa kylässään, missä oli valmiit nukkumapaikat, tulisija ja ruokaa, mitä valmistaa.

Matkalaiset saivat kanaa ja maissileipää ruoakseen, minkä jälkeen he leiriytyivät kylään, eri puolille kylää. Kuka mihinkin majaan. Kylä hiljeni, kanat vain kotkottivat, kun matkalaiset saivat kunnon unet. He olivat nälkiintyneitä ja repaleisia. He peseytyivät ja heitä pestiin sekä vaatetettiin uudelleen. Nyt oli syytä olla tyytyväisiä, vaikka pelko pitikin heitä kaikkia otteessaan.

5. luku

Jostakin syystä sotilaat eivät tulleet kylään. Joko he eivät löytäneet, tai kylä oli sen verran syrjässä heidän tieltään. Niin Ambra ja muut olivat monta päivää ja yötä kylässä, kunnes viikon kuluttua huhuttiin, että sotilaat olivat tulossa. Nuotiot sammutettiin huolella, kaikki kanat tapettiin. Veren haju hävitettiin, riennettiin erämaahan, metsään karkuun. Pieniä lapsia kannettiin reppuselässä, vesiastiat otettiin mukaan ja kanat evääksi korjattiin.

Kun he olivat vain kilometrin päässä, sotilaat saapuivat kylään ja löysivät tyhjän kylän. Arvasivat, että asukkaat olivat lähteneet pakosalle. Afrikkalaissotilaat lähtivät perään, arvioivat suunnan. Vaikka kyläläiset olivat lakaisseet jälkensä, silti sotilaat löysivät kyläläisten suunnan.

Sotilaat lähtivät perään tarkoituksenaan tappaa kyläläiset, raiskata naiset. He saavuttivat kyläläisiä noin kahdenkymmenen ryhmänä perässä.

Kyläläiset kuulivat joukon tulevan perässä, niinpä he menivät eri tahoille. Oli vaikeampi surmata kaikkia, kun kyläläiset olivat eri tahoilla. Sotilaat kulkivat joukossa aseet mukanaan, he heiluttivat veitsiään puolelta toiselle katkoen kasvillisuutta. Naureskelivat ja syljeskelivät katsoen ympärilleen. Heillä oli tavoitteena saada kyläläiset kiinni. Vaikka heillä oli ehkä itsellään perhettä.

Niinpä kun he olivat saavuttaneet kyläläisiä, jotka olivat hajaantuneet eri puolille metsää, he tavoittivat Ambran ryhmän, johon kuului kolme tyttöä ja neljä poikaa. Sotilailla oli nälkä ja jano, ja he leiriytyivät ja ottivat Ambralta kanan, jota tämä kantoi, ja vesiastian. He sytyttivät nuotiot ja uhkasivat veitsillään ryhmäläisiä. Kukaan heistä ei uskaltanut pakoon yrittääkään.

Joukko sotilaita pyysi tai käski Zenaa, Leilahia ja Ambraa tanssimaan afrikkalaisia tansseja nuotion ympärillä. Uhkasivat tappaa, jos tytöt eivät tanssi. Niinpä tytöt alkoivat esittämään kuolontansseja, mistä vimmastuneina miehet pyysivät tanssimaan häätanssia, sulhasen ja morsiamen yhtymistä. He puhuivat samaa kieltä, kyläläiset ja sotilaat.

Nuotiolla kypsennetyt kanat maistuivat sotilaille, niitä ei vaan
tahtonut riittää kaikille.

Miehet kysyivät, missä muut olivat. Ambra ja muut vastasivat,
etteivät tiedä, niin kuin eivät tienneetkään.

Syötyään ja juotuaan miehet ottivat vuoronperään tytöt, jotka
olivat vasta koululaisia, 9–12-vuotiaita. Neljä poikaa joutui katselemaan,
kun heidän luokkatovereitaan raiskattiin.

6. luku

Raiskaaminen sinänsä oli Afrikassa jokapäiväistä. Tytöt olivat kauhuissaan ja kivuissaan. Verta tuli ja paikat repesivät pahasti, verentulo oli
jatkuvaa. Eivätkä Leilah ja Zena selvinneetkään, vaan vuotivat kivuissaan kuiviin huutaen ja kirkuen. Tytöt vuotivat kuiviin, hukkuivat
omaan vereensä, sotilaiden nauraessa ja katsoessa verenvuotoa. Sotilaat
olivat tottuneet omiin julmuuksiinsa tehtyään sellaista pitkään useassa
kylässä. He olivat tottuneet raiskaamaan ja tappamaan raa'asti.

Ambra ei hievahtanutkaan makuuasennossa, vaan makasi liikkumattomana, kykenemättä liikkumaan, vaikka olisi tahtonut. Hän toivoi,
että kaikki olisi vain pahaa unta, ja hän ummisti silmänsä. Mutta sotilaat
ympärillä olivat todellisia, Ambran kipu oli raastava ja siitä huolimatta
hän oli hiljaa.

Juotuaan joukko lähti liikkeelle etsimään uusia kyliä, uusia ihmisiä
tapettavaksi. Kyllä näin heillä oli tarkoitus.

Ambra esitti kuollutta, jota hän melkein olikin. Toiset tytöt olivat kuolleita hänen vielä kituessaan. Veri vain valui Ambrastakin. Hän kuitenkin selvisi kaksi päivää maattuaan ja lähti etsimään vettä. Hän pystyi vain vaivalloisesti etenemään konttaamalla. Ihme, etteivät sotilaat olleet tappaneet koko porukkaa. Ambra konttasi syvemmälle metsään ja kuuli veden solinaa. Hän saapui purolle, jossa joi ahnaasti vettä. Muuta ei tarvinnut, hän ei kykenisi syömään pitkään aikaan.

Tytöt Leilah ja Zena olivat vuotaneet kuiviin. Revenneet niin pahoin, etteivät olisi selvinneet siitä, vaikka olisivat saaneet apuakin.

Ambra ja nopein pojista, Abikail, olivat ainoat eloon jääneet. Sotilailla oli ollut kiire päästä tyttöjen kimppuun, siksi kaikki pojat oli tapettava. Abikail oli vielä hengissä, tosin haavoittuneena. Ambra yritti tukahduttaa omaa ja Abikailin verentuloa mekkonsa riekaleilla, jotka jo ennestään veressä, sekä tyttöjen Zenan ja Leilahin vaatteilla – he eivät tarvinneet vaatteita enää. Oli jätettävä heidät villieläinten raadeltavaksi. Ambra ja Abikail rukoilivat afrikkalaisen rukouksen heidän sielunsa puolesta, kolmen pojan ja kahden työn ruumiin äärellä itkien. Heidät oli jätettävä kuitenkin sinne missä olivat.

Abikailin ja Ambran oli jatkettava matkaa minkä kykenivät. Abikaililla oli toisessa kädessä syvä haava lyönneistä, joita sotilailta satoi. Oli ihme, että hän oli hengissä, onneksi kuitenkin jäi eloon. Heidän kulkunsa oli vaivalloista, mutta kuljettuaan jonkin matkaa he tulivat kylään johtavalle tielle.

Heitä vastaan tuli auto.

7. luku

Autossa oli eurooppalaisia, naisia enimmäkseen, lisäksi miehiä sekä afrikkalainen kuljettaja, joka oli samalla opas. He pysäyttivät auton, josta kysyttiin, mistä Ambra ja Abikail tulevat. Abikail selitti, että ainakin kolme kylää oli tuhottu ja ihmiset tapettu. Eurooppalaiset lupasivat mennä katsomaan sinne, missä ne olivat.

Sinne kaikkiin kyliin oli matkaa yli kolmekymmentä kilometriä, erittäin huonoa tietä. Sen he tiesivätkin. He menivät lava-autoon, joka eurooppalaisilla oli. Siellä oli vaarallista liikkua, mutta kuitenkin Ambra ja Abikail lähtivät oppaiksi näyttämään tiet, jos sellainen oli, sekä suunnat.

Auto oli aika harvinainen näky Afrikan maaseudulla. Kun he menivät kyliin, olivat eläimet käyneet saaliillaan, eikä näin ollen ollut mitä haudata. Heillä oli kanisterissa varabensaa, jota laittoivat autoon. Heidän jatkettuaan matkaa autoon tuli jokin vika. Auton rengas oli puhki. He vaihtoivat renkaan ja jatkoivat matkaa, palasivat heille varattuun parakkiin, majapaikkaansa.

He tekivät raportteja ja kirjasivat kuolleet afrikkalaiset, joita oli 78 ihmistä, jotka olivat kuolleet sotilaiden käden tai veitsen kautta. Heillä oli vielä paljon työtä ennen kuin palaisivat kotimaahansa.

Johannesburgin kentältä pääsi joka puolelle maailmaa. Heidän oli jatkettava riskialtista työtään, jossa henki saattoi mennä. Hyväntekijöitä, jotka auttoivat sairaanhoidossa, lääkinnällisissä tehtävissä. Punaisen ristin väkeä. Siinä oli myös Unicefin väki, josta osa ryösti ja raiskasi afrikkalaisia. Ambra jäi kylään, missä Punaisen ristin väkikin oli. Osa oli oikealla asialla auttamassa afrikkalaisia eikä juossut timanttien ja kullan perässä. Meitä on moneksi. Maailma on niin suuri, täynnä eri kansallisuuksia, erikielisiä. Eri kulttuureista lähtöisin ja maanosista.

Oltuaan kuukauden Ambra huomasi olevansa raskaana, kuukautiset jäivät pois. Oliko hän raskaana, hän kysyi Lisalta, sveitsiläiseltä naiselta, joka teki testin – ja olihan hän raskaana. Hän ei halunnut lasta.

8. luku

Ambra oli lapsi itsekin. Halusi tai ei, raskaana hän oli, ja lähetystyöntekijä sanoi, ettei voi keskeyttää, koska oli niin nuori. Eihän lapsi tiennyt, mitä äidille tehtiin. Oli viaton, syytön miesten synteihin. Nyt ei tiedetty, kuka oli lapsen isä, kun miehiä oli monta, tunnottomia isäksikin.

Joka tapauksessa Afrikassa oli paljon lapsiäitejä ja lapsivaimoja, jotka olivat itsekin lapsia ja silti tekivät lapsia. Ei se ollut Ambran vika, vaikka tunsikin syyllisyyttä teosta, jonka miehet olivat päättäneet tehdä. Muutenkin lapsia tehtiin jo 12–14-vuotiaina.

Lähetystyöntekijä neuvoi Ambraa menemään naimisiin Abikailin kanssa afrikkalaiseen tapaan. Seremoniat olisivat hienot, mutta suostuisiko Abikail hänen miehekseen? Huolisiko toisen tekemän lapsen? Ja hänet, johon oli kajottu mitä raaimmalla tavalla?

Afrikassa oli tapana, että tyttö, jonka kanssa mentiin naimisiin, olisi koskematon. Tässä tapauksessa oli tyytyminen siihen minkä sai eli vanhaan mieheen, jolla oli aikuisia lapsia ja lapsenlapsia, siis elämänkokemusta. Tai sitten, jos Abikail huolisi hänet morsiamekseen. Hän kutsui tätä ja kysyi asiaa. Abikail hiukan pohdittuaan suostui, koska oli matkan aikana kiintynyt Ambraan.

Niinpä häät pidettiin afrikkalaiseen tapaan. Kerättiin tarpeita, päähineitä, hameita ja sulkia, ja saatiin juhliin possu paistettavaksi ja kanoja, valmistettiin riisiviinaa ja juhlat saivat alkaa. Rumpujakin oli niin että tahtia oli tanssimiseenkin.

Possu valmistettiin vartaassa, samoin kanat. Tanssittiin sulhasen ja morsiamen ympärillä, sitten tanssijat tekivät kunniakierroksen kaikkien ympäri. Kaikki tanssivat rumpujen tahtiin, kaikille kelpasi vartaassa ollut possun liha, jota valmistettiin usea päivä etukäteen, sekä maissileivät ja maissi, viinat maistuivat myös. Naisetkin olivat humalassa ja iloisella tuulella. Vanhat naiset toruivat muita, mutta olivat ympäripäissään. Vähin äänin tai mekastaen he menivät vasta aamuyöllä savimajoihinsa nukkumaan.

Sulhaselle ja morsiamelle oli laitettu erillinen maja kukkakoristein. Molemmat menivät vasta aamulla majaansa ja tutustuivat toisiinsa luvan kanssa. Ambran raskaus oli vasta alussa eikä haitannut heidän yhtymistään. Oli vähän toisenlainen kokemus miehestä Ambralla kuin aikaisemmin, jolloin hän oli nuorempi ja kokematon tyttö. Nyt hänestä tulisi nainen. Vihitty vaimo.

9. luku

Päivä valkeni kuulaana ja kirkkaana kukon kiekaisuun ja koiran haukkuun kanojen kotkottaessa. Kaikki jatkoivat juhlimista kahdesta kolmeen päivää.

Kolmantena päivänä tulivat sotilaat ja hävitys oli kauhea. Kaikki tapettiin. Sotilaat söivät sian rippeet, joivat ja tulivat humalaan. Viinaa oli jäänyt heillekin. Sitten he kävivät sulhasen ja morsiamen majassa, joka oli kukkasia täynnä. Arvasivat, että kylässä oli ollut häät. Missä oli morsian? Maja oli tyhjä.

Molemmat, sulhanen ja morsian, olivat poissa, ei sen kummemmalla asialla kun kauempana vessassa hädällä. Heitä etsittäisiin.

He kuulivat sotilaiden äänekkään kiroilun ja kyläläisten kirkumisen. Tyttöjä raiskattiin kaikenikäisiä, alaikäisiäkin, lapsia vielä. Sotilaat eivät tunteneet armoa vaan talloivat kaiken tielleen tulevan sodittuaan turhaan ja etsittyään morsianta, jonka olisivat raiskanneet.

Sammuivat, suurin osa sotilaista, joiksi heitä sanottiin. Mitään oikeita sotilaita he eivät olleet.

Ambra ja Abikail menivät kauemmaksi nähtyään hävityksen kauempaa. Kuolleita oli joka paikassa, majat hajalla. He pysyttelivät piilossa arvellen sotilaiden kävelevän kohta eteenpäin. Sotilaat olivat kuitenkin tappaneet punaisen ristin väen, kolme naista ja kaksi miestä. Auto anastettiin, ja he lähtivät kylästä raiskattuaan ja tapettuaan sveitsiläiset naiset. Ambra ja Abikail palasivat kylään, mutta siellä ei ollut mitään heille. Kaikki oli yhtenä sekamelskana: ihmisiä ja eläimiä kuolleina, majat hajotettuna. He totesivat pahan tapahtuneen, sveitsiläisten raportoiminen loppui kesken.

Raajat levällään makasivat naiset, vaatteet revittynä. Hirveän näköistä, katsoi kuka tahansa. Voiko kaameuksiin tottua?

Ambra ja Abikail olivat nähneet paljon, mutta molemmat oksensivat. Sitten he menivät lähimmälle vedenottopaikalle peseytymään ja juomaan varovasti kuunnellen, olisiko sotilaita. He täyttivät juomaruukut vedellä.

Sotilaat olivat vieneet vesikannuja autolleen, varastetulle autolle.

Joka paikassa ei ollut vettä. Harva se paikka oli sellainen, mihin eurooppalaiset olivat käyneet rakentamassa kaivoja. Oli jokin maalähde, josta vesi ohjattiin vesipumppuun, josta sitten veivaamalla tuli vettä. Yleensä maalähteet olivat myös harvassa. Niistä afrikkalaiset hakivat vettä itselleen ja eläimille, samoin kasvimaalle, jos sellaisia oli.

10. luku

Etelä-Afrikassa esiintyi elefantteja, leijonia, sarvikuonoja leopardeja, kafferipuhveleita.

Ambra ja Abikail olivat pakolaisia omassa maassaan. Vielä he näkivät sinitaivaan, olivat elossa ja suhtkoht terveinä. Suurpedoilta säästyneinä he jatkoivat matkaa vuoristoon, missä oli hiven kasvillisuutta eivätkä sotilaat löytäisi heitä, kun he oivat kahden. He pyydystivät lintuja ja sisiliskoja, joitain pieniä eläimiä. Ambran vatsa kasvoi. Vuoristossa oli viileämpää, silti he palasivat metsään. Aurinko porotti kuumasti, oli juotava vettä vähän väliä. Toisaalta he olivat tottuneet kuumuuteen. Vuoristossa ja metsässä tuli vastaan käärmeitä, mutta he olivat tottuneet väistämään niitä. Vaikeinta oli löytää vettä. Sadepuu pulppusi vettä, kun vähän kaivoi syvemmältä. Vettä, joka oli harvinaista kuitenkin.

Heillä oli veitsi mukana ja tulitikkuja. Tulitikkuja tulen tekoon, vesiruukkuja vettä varten, niillä pärjäsi jo jonkin matkaa, kunnes oli taas saatava vettä, joka haihtui kuumassa ilmassa ruukuista.

Raiskaukset olivat Ambran mielessä, mikä oli hyvin yleistä. Ihmiset olivat tottuneet niihin, sellainen ei haihdu mielestä pois. Raiskaaminen ei lähtenyt mielestä koko ikänä.

Yleensä monissa kulttuureissa naisten lyöminen oli kanssa tavallista. Etelä-Afrikassa raiskataan päivittäin 1 300. Se on tosi yleistä, eikä asialle voida mitään. Kautta aikojen on naisia kohdeltu huonosti. Monissa eurooppalaisissakin kulttuureissa on yleistä hakata naista, muttei siinä määrin kuin Afrikan maissa. Hallitus ei voi mitään. Toisaalta jos jää kiinni raiskauksesta, voi saada viidentoista vuoden tuomion. Suurin osa raiskauksista ja murhista jää pimentoon. Syyllisiä ei löydetä.

Viidenkymmenenviiden miljoonan asukkaan Etelä-Afrikassa tapetaan seitsemäntoista tuhatta ihmistä vuodessa, enemmänkin, kaikkia vain ei tilastoida. Niinpä päivässä henkensä menettää viisikymmentä ihmistä. Kapkaupunki oli rikosten tyyssija, vaikka onkin turistien suosima paikka. Niin sanotut jenkit tekevät rikoksia. Köyhien alueiden murhilta, raiskauksilta eivät välty lapsetkaan.

11. luku

Vaan rikollisuus rehottaa. Traumaa on niin paljon, että pahaa tekee.

Ambra ja Abikail pysähtyivät kylissä, ja eräässä kylässä olivat sotilaat juuri käyneet. Kuolleita oli joka paikassa joka puolella.

Sitten käveli vastaan noin kahdeksanvuotias poika, jolla oli siniset silmät, ilmeisesti eurooppalaisten jälkeläinen. Kanat olivat kuolleet tai ne oli tapettu, jokunen kukko oli päässyt karkuun. Niitä Ambra ja Abikail halusivat syödä. Alile osasi pyydystää kukon. Se kynittiin ja paistettiin nuotion tulella ja hiilloksella. Poika oli nälkäinen ja söi valmista kukkoa ahnaasti. Yksin ikävissään ei ollut syönyt mitään. Nyt ruoka maittoi Alilelle, vaikka ihmisiä lojui ympärillä hujan hajan, kuolleita ihmisiä.

Ambran ja poikien oli jatkettava matkaa, sillä näkymät olivat kauheat kylässä ja taudit voisivat levitä, ennen kuin villieläimet ehtisivät saaliin jaolle. Eläimet tulisivat kuitenkin pian. He näkivät raiskattuja naisia raajat levällään makaavan. He olivat jääneet siihen sotilaiden jäljiltä. Oliko naisia yritetty polttaakin, siltä vähän näytti.

Kaikenlainen vahingonteko oli kaikkialla kylässä. Nyt oli kiire. Silti he kulkivat sattumanvaraisesti, varsinaisesti tietämättä, missä olisi turvallinen olla. Heidän kuljettuaan kylästä kylään kuin jotain hakien he tuumivat yhdessä, että oli päästävä pois Afrikasta johonkin muuhun maahan, missä olisi parempi ja turvallisempi olla. Sitten he löysivät kylän, jossa saivat olla rauhassa. Turvallinen sekään ei ollut, mutta tällä hetkellä näytti siltä, ettei se ollut sotilaiden kulkureitillä.

Amberin synnytys lähestyi. Vatsa kasvoi ja alkoivat synnytyspoltot, joista Ambra oli kuullut, mutta ne yllättivät hänet kuitenkin. Synnytys oli alkanut. Abikail haki vettä ja Amberin pyynnöstä lämmitti sitä. Ambra oli nuoresta iästään huolimatta nähnyt useita synnytyksiä. Hän tiesi, miten toimia. Hän oli majassaan, missä oli heiniä ja savea, mutaa. Hän käveli ja käveli pieniä matkoja, sitten hän joutui konttaavaan asentoon kipujen iskiessä hänen ylitseen rajuilman tavoin.

Ambra pyysi myös Abikailia polttamaan tulella veistä, joka siten olisi puhdas. Abikail saisi katkaista napanuoran, mutta mistä lanka napanuoraan?

12. luku

Abikail kävi kaivolla hakemassa vettä ja sytytti nuotion vähän matkan päähän ja poltti veistä muutaman minuutin, lämmitti emaliastiassa vettä.

Ambra huusi tuskissaan.

Myös Abikail oli tottunut synnytyksestä kuuluviin ääniin, huutoon ja manailuun. Hänestä tulisi nyt isä toisen lapselle. Hän oli vähän hermostunut ja manaili itsekseen mennessään Ambran luokse, joutuihan hän synnytykseen.

Kun oli muutama tunti kulunut, lapsen pää näkyi jo, musta kikkara tukka. Ambra ponnisti ja ponnisti, ja lapsi oli ulkona kohdusta. Raskaus päättyi onnellisesti. Ambra oli kymmenvuotias ensisynnyttäjä, lapsi vielä itsekin, kuitenkin naiseksi tullut varhain. Ambra näytti napanuoraa Abikailille ja kehotti tätä erottamaan vauvan ja äidin sekä ompelemaan kunnolla. Abikailin kädet tärisivät, hommasta ei tahtonut tulla mitään. Erotettuaan äidin ja lapsen otti ryypyt, mistä lie saanut, tarjosi Ambrallekin, joka maistoi muttei voinut juoda sitä vaan pyysi vettä janoonsa. Abikail juotti Ambraa, joka otti vettä ja joi ahneesti sekä otti lapsen vatsalleen. Hän puhdisti sen suun ja otti veren ja liman pois lapsesta veteen kastetulla rievulla. Nosti sitten pienille rinnoilleen lapsen, joka joi, vaikkei maitoa ollutkaan paljon. Oli jostain saatava maitoa, tai rinnoista pitäisi tulla enemmän maitoa lapselle. Ambra joutui nuoresta iästään huolimatta äidiksi, äidin hommiin, mikä ei ollut Afrikassa tavatonta, lapsiäidit. Aina silloin tällöin joutui alaikäinen, itse lapsi, synnyttämään lapsen.

Vauva vain kitisi, oli niin heikko vai mitä? Ambran lyötyä sitä pepulle se päästi kunnon parkaisun. Ambran kädet toimivat, mutta jalat eivät kantaneet. Sitten hän pyysi lisää vettä. Synnytys oli ottanut voimille. Hän lepäsi ja nukahti, heräsi lapsen kitinään. Lapsi oli nälkäinen. Abikail nukkui eri majassa, koska Ambra oli likainen eikä jaksanut pesulle. Hän oli liian heikko kävelläkseen, koska vesiuomalle oli matkaa, jonkin matkaa.

Kolmantena päivänä hän raahautui jotenkuten vesiuomalle, mutta ei voinut peseytyä siellä, koska vanhat kylän asukkaat paheksuivat häntä. Niinpä oli odotettava, peseydyttävä salaa. Abikail vahti, ja yöllä sitten vasta pääsi Ambra pesulle, minkä jälkeen siunasi itsensä ja pesi lapsensa niin kuin itsensä. Lapsi oli heikko, ja Ambra ei tiennyt, jäisikö se eloon. Niin kauhealla tavalla sai alkunsa.

13. luku

Siitä huolimatta lapsi oli viaton ja jäi eloon toistaiseksi. Pari viikkoa kului hiljaiseloa, sitten he kuulivat kaukaa humalaisten miesten ääniä, naureskelua kiroilua ja örvellystä. Sotilaita oli tulossa kylään päin. Kylässä oli vähän asukkaita, ja kaikki riensivät kiireesti metsiin turvaan, jos säästyisivät sotilailta. Oli pieni mahdollisuus selvitä. Mutta jos ei lähtenyt, se oli varma kuolema.

Niinpä kaikki lähtivät metsiin, kiireen vilkkaa. Vanhat linkkasivat perässä. Turvassa eivät olleet hekään, ei kukaan, ei nuori eikä vanha.

Niin Ambra ja Abikailkin lähtivät. Abikail kantoi lasta, joka pahaksi onneksi oli tyttö, jolla oli turvaton elämä edessään. Niin he etenivät aika vauhdilla metsässä, joka oli heinämetsää. Kuitenkin koettivat olla jättämättä jälkiä, muuten joutuisivat etsijöiden käsiin. Se tiesi aina kuolemaa ja raiskausta vähintään. Ei ollut kaunista katseltavaa sotilaiden jättämä jälki, vaan todella hirveätä, hirveintä mitä olla saattoi. Silpomista ja halkaistuja ihmisiä, pää pois pistetty kuoliaaksi. Ehkä moni kituikin ennen kuolemaa, joka oli kaiken loppu.

Kaikki onnistuivat pakenemaan, ja sotilaat tapasivat tyhjän kylän, missä oli kyllä asutuksen jälkiä. He lähtivät perään arvellen väen olevan metsissä, missä kaikki olivatkin. Osa jäi juomaan. He olivat liian humalassa, olivat edellisessä kylässä tehneet viinaa ja viinakanisterit mukanaan tulivat nyt sinne, missä Ambra ja muut olivat. Matkan varrella viinoistaan nauttien sotilaat olivat kyllä hyväkuntoisia, mutta nautittuaan viinoja eivät kaikki pystyneet jäljittämään kyläläisiä, joissa myös oli naisia, joita oli tarkoitus käyttää hyväksi.

Ambra ja Abikail olivat kärkijoukoissa pakenemassa kylästä pois päin, samoin poika, jolla oli siniset silmät. He etenivät aika tavalla. Joku sotilaista sammui metsään heinikkoon, joku selvisi humalasta. Mutta kukaan heistä ei jaksanut pitemmälle metsään, joka oli aluskasvillisuuden peitossa. Niinpä kyläläiset saivat olla. He päättivät olla ainakin seuraavan yön metsässä, yöpyä siellä. Heinikko oli vastassa.

Sotilaat paistoivat kanoja kylässä ja söivät ihmetellen, mistä saisivat vettä. Aikansa etsittyään löysivät polun, joka vei vesilähteelle.

Kyläläiset olivat seuraavan päivänkin metsässä. He arvelivat sotilaiden viihtyvän, koska kylässä oli kanoja ja maissia, vaikka kyläläiset hätistelivätkin kanoja kauemmaksi.

14. luku

Ne palasivat kylään, ja kyläläisten pakomatkasta tuli pitkä, viikon mittainen. Sitten käskivät sinisilmää katsomaan, vieläkö olivat sotilaat kylässä tai kylän lähistöllä. Tämä totesi, että sotilaat olivat yhä kylässä.

Sotilaat odottivat kyläläisiä takaisin, koska asumisen merkkejä oli kuitenkin.

Onneksi kyläläisten ei tarvinnut taivaltaa kuumalle safarille asti.

Kuitenkin osa sotilaista lähti perään saadakseen naista. Mitä tahansa naista, jos sellaista metsistä löytyisi. Jossainhan kyläläiset olivat. Tällä kertaa sotilaat olivat selvin päin ja taivalsivat kuumassa Afrikassa kyläläisiä hakemassa, tuloksetta. Kyläläiset olivat viisaampia. He olivat menneet kyllin kauas sotilaista, etteivät sotilaat tavoittaisi heitä, hakemaanhan ne lähtisivät kuitenkin.

Ambra ja Abikail olivat jälleen selvinneet hengissä, mitä ei takaisi, jos sotilaat saisivat heidät kiinni. Abikail poimi kansalliskukan kuningasprofean Ambralle sanoen: haluan olla lapsesi isä, vaikken olekaan oikea isä. Ambra itki ja kiitti. Olihan hän vihitty Abikailille, ja he saisivat ehkä yhteisiä lapsia joskus.

Korppikotkat lentelivät heidän yläpuolellaan, vaikkei ollut raatoja missään, vai oliko? Niillä oli tarkka vainu. Jostain syystä ne kiersivät heidän yläpuolellaan. Lisäksi tuli käärme, joka oli monta metriä pitkä ja myrkyllinen. He kavahtivat sitä. Käärme oli vuoristosta, joka oli lähellä. Pisin käärme maailmassa. Se oli helppo havaita, mutta puremaan tai kuristamaan se ei päässyt. Vaikka se olikin nopea, niin niin olivat afrikkalaisetkin.

Viikon mentyä he ajattelivat palata kylään tiedustelemaan ensin. Alile meni katsomaan ja totesi kylän tyhjäksi sotilaista. Siellä oli vain sotilaiden jälkiä, tyhjiä viina-astioita ja nuotioita. Tapettujen kanojen sulkia, päitä ja siipiä, siivo oli hirveä. Silti kyläläiset palasivat kaikki kylään. He siivosivat palmunlehdistä tehdyillä vihdoilla. Hakivat vettä kaivosta ja koettivat, oliko vesi myrkytetty. Joskus sotilaat tekivät sellaista. Vesi oli kunnollista, ja he peseytyivät vuorollaan, miehet ensin, sitten naiset. Vesi oli siunaus heille.

Sitten palattiin kylään ja naiset tekivät maissileipiä. Kyläläiset olivat nälkäisiä nähtyään viikon nälkää. Kanoja ei enää ollut, sotilaat olivat tappaneet kaikki. Ne oli syöty. Eihän niitä ollutkaan kovin monta, niin kuin ei kyläläisiäkään.

15. luku

Laittoivat sitten kanan päitä ja kukon helttoja roikkumaan majojen kattoon onnea tuottamaan. Sitten rukoilivat afrikkalaisen rukouksen, että saisivat olla rauhassa omassa kylässään. Vai yllättäisivätkö afrikkalaiset sotilaat heidät sieltä suoraan? Niin ettei kerennyt rukoilemaankaan ennen kuin kuoli? Nousisiko sielu taivaisiin vai hyvien henkien luokse, vai pahojen helvettiin? Vai jäisikö pahan kiusattavaksi? Sitä pelättiin, niinpä he rukoilivat, kymmenkunta henkeä yhdessä.

Tytön sielun puolesta oli uhrattava ja rukoiltava. Ei ollut, mitä uhrata, oli vaan sytytettävä uhri, taivaalle uhrisavua. Pakko oli jotkin juhlat pitää – väki kuitenkin halusi niin, vaikkei heitä ollut kuin kourallinen. Niinpä laitettiin maissiviiniä tulemaan, ja maissileivillä ja pavuilla oli tultava toimeen.

Kyläläiset eivät tienneet, että lapsi ei ollut Abikailin, vaan uskoivat, että oli. Lapsi oli yhteisraiskauksen tulosta.

Niinpä uhrituli laitettiin, ja lapsen isä nosti lapsen korkealle ilmaan savun yläpuolelle, minkä johdosta lapsi itki ja yski. Sitten luettiin rukouksia sekä pirskotettiin vettä lapsen päälle. Seremonia kesti noin kaksi tuntia, ja tyttö sai nimekseen Adana. Myöhemmin tulisi toinen nimi Ali. Se oli myös tärkeä päivä lapselle sekä lapsen vanhemmille. Lahjojakin tuli: silkkihuivi, jota voi säästää tai äiti käyttää, sitten sandaalit molemmille, isälle ja äidille, sekä paitoja molemmille ja papuja. Vanhemmat olivat tyytyväisiä: vielä helminauhoja, itse tehtyjä.

Vauva ei ymmärtänyt vielä mitään nimenantojuhlasta vaan nukkui kaikessa rauhassa tietämättä saamastaan nimestä Adana, joka selviäisi myöhemmässä vaiheessa Adanan elämää.

Niin kuitenkin elämä sujui köyhyydessäkin jotenkin. Eräs nainen, keski-ikäinen, lähti kylästä ostamaan kanoja. Sitä varten oli varannut korin kuljetukseen. Hänellä oli afrikkalaista rahaa mukana, ranbeilla ajatteli maksaa. Rukoiltiin naisen puolesta, jotta saataisiin syötävää ja voitaisiin kasvattaa tipuja, kukkokin tarvitsi olla. Nainen ei tulisi ihan heti takaisin, hän voisi tulla tapetuksi tai rahat ryöstetyksi – ja voisihan matka onnistuakin.

Hän sai evääksi maissileipää ja vesiruukun, jota voisi täyttää veden loputtua, kun ei poikkeaisi savannille, missä oli villieläimiä.

16. luku

Kylä oli lähellä vuoristoa, jossa esiintyi kultaa: Withwaterlandin valkoisen veden harjanne. Sen niminen vuorijono. Afrikkalaisilla ei ollut asiaa sinne, ainoastaan afrikkalaisilla sotilailla, jotka hyötyivät siitä näyttämällä eurooppalaisille paikan, missä oli kultaa.

Johannesburg oli siellä afrikkalainen kaupunki. Sinne Ambra ja Abikail halusivat, mutta heillä ei ollut varaa lentolippuihin. Ortambo oli kansainvälinen lentokenttä. Mistä he saisivat rahaa lentolippuihin? Jäi unelmien tasolle koko homma. Ainoa konsti oli lähteä laivalla, jos rannikolle pääsisi: voisi ajatella salamatkustusta. He eivät olleet mistään varmoja vaan suunnittelivat ja keskustelivat keskenään. Siellä oli Atlantti, ja sitten he päättivät, että oli löydettävä vesireitti, josta pääsisi Afrikasta pois. Kävellä pitäisi, ei tiennyt kuinka pitkälti, ja matkaan oli lähdettävä joutuisasti. Jos pääsisi pummilaivalla.

Heidän oli kuljettava heinikon läpi, ja sitä oli aika pitkälti. Niinpä oli päästävä lähtemään rannikolle. He lähtivätkin, mukanaan kahden kuukauden ikäinen vauva, jota kannettiin kantoliinassa. Heillä oli evästä, maissikakkuja ja iso astiallinen vettä. Eväät olivat välttämättömät heidän pitkällä matkallaan. He nukkuivat yönsä heinikossa, missä oli yöpetoja saalistamassa. Tulta he eivät uskaltaneet sytyttää.

Heidän kuljettuaan jonkin matkaa tuli vastaan sarvikuonoja, jotka onneksi kiersivät heidät. Miten olisi leijonien, leopardien ja hyeenoiden kanssa? Oli sittenkin sytytettävä soihtu heinistä ja heilutettava sitä petojen edessä, etteivät ne kävisi kiinni.

Sitten tuli norsuja, jotka löntystelivät ja etsivät vettä, antilooppilauma, hyeenoja, jotka oli vaarallisia, gepardeja ja leijonakin. Ne kaikki kulkivat veden haussa ja metsästivät yöllä, liikkuivat ja löhösivät Afrikan auringossa. Siellä aurinko porotti armotta, ja tuskin oli puita, joiden alla voisi olla varjossa. Kauempana olivat vuoret.

Heidän kuljettuaan jonkin matkaa alkoi näkyä savua, jota seurasi tuli. Se oli kuumudesta johtuva palo, joka sai auringosta kipinän, josta kasvoi tuleksi. Kaikki eläimet rynnivät heinikolta pois, samoin Ambra ja Abikail lapsi mukanaan. Kun osa eläimistä ryntäsi ohi, oli vaarana jäädä niiden alle. Niinpä he menivät läheisen puun alle, jotta selviäisivät eläinten ryntäilystä. Kauaa he eivät voineet olla siellä, sillä tuli levisi koko ajan. Ei mennyt kauaakaan, kun palo saavutti heitä. He kastoivat lapsen ja itsensä viimeisellä vedellä, jota olivat kantaneet mukanaan, ja jättivät vähän juomavettä. Nyt oli kiire heilläkin poistua, ja he pistivät juoksuksi.

Onneksi heinikkoa ei ollut kovin paljon, oli vain nurmikkoa, joka sekin kyllä paloi. He pääsivät nopeasti etenemään palosta huolimatta. Heidän juostessaan palo saavutti heitä, palo, joka ei kuitenkaan ollut kuin puoli metriä maasta, silti ihan riittävästi. Joten oli vaikea edetä. He olivat tottuneet kuumuudessa juoksemaan lujaa. Kuumaa oli Afrikassa koko ajan. Neljäkymmentä astetta oli nyt.

Ilmassa lenteli kipinöitä, jotka lentelivät heitä kohti ja kaikkialle. He olivat ihan mustia noesta, jos olivat muutenkin mustia. Nyt oli vaikeata hengittää. Onneksi he olivat kastelleet vaatteensa ja lapsen vaatteet, joita tosin oli vain vähän peittämässä alaosaa. Joskus savimajatkin syttyivät tuleen ja oli rakennettava uusia. Joskus paloi koko kylä.

17. luku

He olivat kotimaassaan tottuneet sen kieleen ja tapoihin maaseudulla. Sellaiseen sai tottua. Toisinaan he puhuivat murteella englantia tarvittaessa. Heidän kotikielensä oli ndebelen kieltä, joka ei oikein taivu suomeksi. Maassa oli monia kieliä, joista he puhuivat eteländebelen kieltä, jota kaikki eivät ymmärtäneet muualla. Kieli kuului nigerialaiskongolaiseen kieliryhmään. 1,4 miljoonaa puhui sitä Etelä-Afrikassa.

Ambra ja Abikail etenivät tulen nopeudella itsekin. He saavuttivat rannikkoalueen, mihin tuli viimeistään pysähtyisi veden ääreen. Heillä oli jano, ja heidän kantapäänsä paloivat jonkin verran. Käveleminen oli hankalaa. Lisäksi savu saavutti heidät ja tuli silmiin, niin ettei nähnyt kunnolla eteensä. Myös suuhun tuli savua. Oli pakko yskiä. Lapsi itki ja yski, tilanne oli paha lapselle, pahempi kuin aikuiselle. Siksi he juoksivat, vaikka jalkapohjiin sattui.

He saavuttivat rannan, ja helpotus oli hirmuinen: jonkinlainen jahtilaiva oli jättämässä rannikkoa savun takia. Se liikkui kauemmaksi rannasta, jossa vielä savutti ja tuli kuitenkin pysähtyi veteen. He ehtivät laivan tapaiseen paattiin, pääsivät jonkin matkaa sillä. Saivat vettä juodakseen ja lääkettä jalkapohjiinsa. Vesi heiltä olikin loppunut.

He olivat helpottuneita. Monet pikkueläimet jäivät savannille heinikkoon ja kuolivat savuun jos eivät tuleen.

Laiva eteni omaa hiljaista vauhtiaan. Joka tapauksessa Ambra ja Abikail olivat tyytyväisiä. Sinisilmäpoika Alile oli jäänyt viimeiseen kylään Etelä-Afrikassa, joka sijaitsee Afrikan mantereella eteläkärjessä Atlantin valtameren ja Intian valtameren välissä. Siellä sijaitsee 2 500 metriä pitkä ranta, johon Ambra ja Abikailkin lapsineen tulivat.

Kyllä heitä lykästi, he tulivat suoraan sivistykseen.

Tietysti laivan pysähtyessä he menivät uimaan ja saivat pestä itsensä ja lapsensa. Heidän oli myös syötävä. Lapsi söi vain maitoa, jota Ambran rinnoista tuli jo paremmin. Se oli huutanut koko matkan heinikon ja nurmikon yli kuljettaessa. Nyt se oli hiljaa ja söi rintaa tyytyväisenä ja nälkäisenä.

Palo oli tullut yllätyksenä heille. Niinhän aina joskus tulee ikäviä yllätyksiä, joita ei ole osannut odottaa. Hyvä, etteivät villieläimet olleet talloneet heitä. He kiittivät jumalaa selviytymisestään. Rukoilivat laivassa oman ja lapsen sielun puolesta.

Sitten heidän täytyi siivota kansi. Sen Abikail tekikin pitkällä harjalla, jota ensin oudoksui, mutta kun näytettiin, oppi heti. Ambran piti osallistua keittiössä. Lapsi rintarepussa hän laittoi opastettuna voileipiä sekä kuori perunoita soppaan. He joutuivat auttamaan, koska heillä ei ollut matkarahoja. Niin työllään saivat maksetuksi matkan, matka, joka oli 160 km pitkä matka.

Heillä meni usea tunti. Nälkä ja jano tulivat sekä uni, ja niinpä he nukkuivat laivan kannella. Sinitaivaan alla oli niin lämmintä, ettei tarvinnut peittoa ollenkaan.

Aamulla paikkoja vähän kolotti kovalla puukannella nukkuminen. Toisaalta oli tuttua heille nukkuminen maassa, joka oli hiekkaa ja jossa oli palmunoksista laitettu yösija. Vauva oli nukkunut Ambran vatsan päällä, ja sillä olikin nälkä taas. Söihän se yölläkin. Ambra oli vastuuntuntoinen nuoresta iästään huolimatta. Heidän täytyisi kuitenkin vaihtaa laivaa päästäkseen pois Afrikasta, mikä oli heidän tarkoituksenaan: kumpikin oli saanut kotimaan kohtelusta tarpeekseen. Se, mitä olivat nähneet ja kokeneet siellä, oli aivan liikaa. Jonnekin oli päästävä.

18. luku

He pääsivät kahden laivamatkan jälkeen Pohjois-Eurooppaan. Pyrkivät hiililastin kuljettaneen laivan miehistöön. Hiililasti kulki Euroopan suurimpaan hiilisatamaan Tanskan Aabenraassa. Sinne he olivat matkalla ja onnistuivat piiloutumaan kuitenkin laivan peräkannella olleisiin laatikoihin, joissa säilytettiin narua ja laivan tarvikkeita. Mentyään laivaan satamasta he olivat piiloutuneet kahteen laatikkoon, toivoen, ettei lapsi huutaisi. Miehistöön oli turha hakea: eivät varmaan huolisi, kun oli lapsikin mukana. He olivat kyyristyneet sinne peiton alle, joka siellä oli.

Kun laiva oli mennyt vähän matkaa, lapsi alkoi itkemään ja he ajattelivat, että paljastuisivat. Miehistö avasi kannen ja löysi Ambran, lapsen sekä Abikailin ja kysyi, oliko muita. Ei ollut. Sitten heidän oli selitettävä, miksi olivat siellä. He vain toistivat sanoja raiskaus, zodiak, killer, ja merimiehet koettivat saada selkoa heidän englannistaan. He sanoivat: ei raiskata, ei tapeta. Sanoivat sitten, että eivät selviäisi ilman rangaistusta. Niinpä he pelkäsivät, että laiva veisi heidät satamaan tai heittäisi heidät mereen. Mutta ei, laiva oli niin iso ja päässyt niin pitkälle, ettei takasin kannattanut mennä. Niinpä he tuumivat ja kysyivät laivan kapteenilta, mitä salamatkustajille tehdään. Kapteeni sanoi suoralta kädeltä, että saisivat siivota laivan ja auttaa keittiössä. Huh, he olivat helpottuneita, siitä kyllä selviäisi: siivouksesta ja keittiössä auttamisesta.

Ambra joutui heti perunankuorintaan ja ihmetteli perunaa, mutta oppi nopeasti. Abikail joutui siivoamaan laivaa, ensin kantta ja sitten reunoja, lisäksi sisäpuolelta laivaa. Abikaililla meni koko päivä, mutta hän ihmetteli pitkää harjaa ja kävi töihin. Tuulikin kävi, mutta oli vielä kuuma Afrikan rannikolla.

Laiva oli suuri. Nyt he todella pääsisivät pois Afrikasta. Ei enää kurjuutta, käärmeitä, ei villieläimiä. Ei savannia, ei heinämetsää, ei raiskauksia tai murhia, toivon mukaan. Ei poltettuja kyliä, tuhottuja kyliä, ei enää sotilaita tarvinnut mennä karkuun. Mitä sitten odotti vieraassa maassa, ei ainakaan samanlaista kauhua ja kuolemaa. Toivon mukaan siellä olisi paremmat olot, niin kuin olisikin. Toisaalta Afrikka oli heidän kotimaansa, he olivat tottuneet siihen. Luonto oli kaunista. Ei näin pian voinut tulla ikävä takasin, koska Afrikka oli näyttänyt nurjan puolensa, turvattomuutta, tappoja, sotilaita, kuolemaa.

19. luku

Aurinko paistoi kuumasti kannelle, missä Abikail oli, sekä keittiöön, jossa Ambra työskenteli. Kaikilla oli kuuma. Eräänä yönä nousi myrsky ja iso laiva keinui silti pahasti. Aallot nousivat monikerroksisen laivan kannelle, hiilitankit oli suojattu. Mutta aallot löivät niihin ja missään ei ollut turvassa. Odotettiin vain, koska myrsky loppuisi. Intian valtamerellä olivat, ja heidän oli tarkoitus pysähtyä väli- satamissa. Dubaissa Richard boyssa, Mossel boyssa. Nyt ei pääsisi rantaan myrskyn takia.

Myrsky oli kova. Aallot löivät yli ylimmän kannen ja sisälle laivaan, joka koko ajan keinui. Ambra ja Abikail oksensivat ja olivat merisairaita koko matkan, kun myrskysi. Heidän oli pysyteltävä hytissään, johon tuli myös vettä. Sieltä oksennus huuhtoutui veteen.

He pysäyttivät laivan rannan tuntumassa, Richard boyssa lähellä satamaa, mutta ei ollut mitään asiaa rantaan korkeiden aaltojen tähden. Tarkoitus oli tankata ruokaa, vettä ja polttoainetta. Ambra oksensi ja antoi lapsen kokille, joka oli tottunut myrskyihin. Ruokaa ei pystynyt tekemään, eikä ajattelemaankaan ruokaa. Sen verran oli huonot olosuhteet, jotka olivat yhtäkkiä vaihtuneet. Unesta ei tulisi myöskään mitään. Lapsi huusi, mutta Ambra ei pystynyt syöttämään sitä, myrskyävän merenkäynnin tähden. Myrsky koetteli kaikkia: kuljetti tavaroita laivassa, ihmiset eivät tahtoneet pysyä missään vaan heidän oli käydä samoin kun tavaroiden, jotka irrallisina voisivat osuessaan olla vaarallisia. Tuuli saattaisi paiskata myös ihmisiä ympäriinsä. Myös yli laidan, mikä sekin oli vaarallista, tuulen ja laineiden riepottaessa laivaa.

Ambra ja Abikail sekä myös osa merimiehistä voivat pahoin ja oksensivat ja yökkäilivät hyteissään. Kannelle ei ollut mitään asiaa, ja laivan ankkurit olivat pohjassa, jottei laiva ajelehdi. Rantautua ei voinut, tuuli ja laineet olisivat lyöneet laivan rantatörmään ja laiva olisi hajonnut.

Merenkäynti otti tosi pahasti voimille. Ambra ja Abikail katuivat lähtemistään, pelkäsivät kuolemaa. Lapsi huusi ja pelkäsi sekin. He olivat kalpeita tummaihoisia, he pelkäsivät tosissaan. Afrikassa käytiin kalassa pienillä paateilla, jotka oli itse tehty, ja rannan tuntumassa vain. Kalastettiin uimalla tai harppuunan tapaisella pyydystäen. Tämä oli toista.

20. luku

He pelkäsivät niin, etteivät Afrikassa koskaan, paitsi silloin, kun sotilaat rynnivät kylään ensimmäisen kerran, raiskasivat ja tappoivat ihmisiä. Tämä oli toisenlaista. He eivät sitä käsittäneet, eivät olleet kokeneet samanlaista meren raivoa.

Kolme päivää ja kaksi yötä kesti, kunnes asettui. Lapsi oli huutanut koko ajan, minkä kaksi ja puoli kuukautta vanha lapsi pystyy. Kun tuli tyven, koko laivan väki rukoili yhtä ainoaa jumalaa. Se oli jotain uskomatonta. Myrsky oli loppunut, mennyt pois kokonaan. Lapsi sai syödäkseen ja rauhoittui ja nukkui pitkästä aikaa, samoin miehistö.

Tämän jälkeen he rantautuivat Richard boyhin. Siellä tankkasivat ruokaa ja juomaa, tietysti heillä oli rahaa, millä maksaa. Satamat olivat kansainvälisiä sikäli, että puhuttiin englantia. Muutenkin oli monenmaalaisia ihmisiä satamissa töissä ja asukkaina tai käymässä. Merimiehissä oli monen maan kansalaisia. Heitä oli noin kolmekymmentä. Vaikka laiva oli iso, heitä ei tarvittu enempää. Kaikki he yrittivät ymmärtää toistensa murteellista englantia. Olihan siellä afrikkalaisiakin, mitä vain kansoja onkin.

He viipyivät satamassa pari päivää. Merimiehet suunnistivat kapakoihin, joissa viihtyivät. Joivat päänsä täyteen ja vokottelivat naisia, jotka lähtivätkin mielellään heidän mukaansa. He harrastivat seksiä ulkonakin satamassa, joka paikassa, missä vain mahdollista. Ilmat olivat heidän puolellaan.

Pian oli kuitenkin palattava laivalle. Krapulassa ja rahansa menettäneenä miehet palasivat laivalle.

Seuraavana yönä oli tyyntä, ja Ambra meni hyvissä ajoin hyttiinsä lepäämään. Häntä kuitenkin seurasi yksi merimies, joka ei saanut naista satamassa. Hän seurasi Ambraa ja tuli samalla ovenavauksella sisälle, ennen kuin Ambra sai oven lukittua. Ambra arvasi, mitä merimies halusi häneltä, ja alkoi huutamaan ja koetti ovelle. Mutta mies esti Ambran aikeet laittaen käden Ambran suun eteen, niin ettei huuto kuuluisi muille. Samalla hän koetti riisua itsensä ja veti Ambran mekon ylös.

Siinä sängyllä, missä Abikail oli ollut hänen kanssaan, Richard-niminen valkoihoinen hollantilainen raiskasi Ambran, tietämättä, että Ambra oli Abikailille raskaana kolmannella kuulla. Onneksi raskaus kuitenkin jatkui, mutta Ambra oli peloissaan ja hämmentynyt. Jo toisen kerran hänet oli raiskattu, tosin ensimmäisellä kerralla oli henki mennä ja oli useampi mies, jotka raa'asti raiskasivat hänet ja pari muuta tyttöä, jotka eivät selvinneetkään hengissä. Ambra oli täysi lapsi silloin, koskematon. Nyt häneen oli taas kajottu.

21. luku

Richard poistui ennen kuin Abikail palasi. Tavattuaan Abikail tapasi itkuisen Ambran. Abikail kysyi syytä itkuun, mihin Ambra vastasi, että keittiössä oli ollut jotakin hässäkkää, mistä Ambra ei tykännyt.

Seuraavana yönä Ambra näki unta ensimmäisestä raiskauksestaan. Hän huusi unissaan. Abikail herätti Ambran, joka itki. Ensimmäisellä kerralla hänen rakkonsa vioittui samalla kun immenkalvo repesi. Kesti kauan, ennen kuin kuin hän pystyi pissaamaan kunnolla normaalisti. Painajaiset ja pahat muistot jäivät, pelko, että uusiutuisi sama. Katkerat muistot, pelko ja viha miehiä kohtaan, olihan hän vasta tyttönen. Nyt hän oli kymmenenvuotias, vähän vanhempi ja kokeneempi, ja hänellä olisi kohta kaksi lasta huolettavanaan.

Vieläkään Ambra ei kertonut raiskauksesta laivalla, vasta sitten kun Richard yritti toisen kerran samaa. Silloin Ambra oli nopeampi ja sai oven lukkoon Richardin nenän edestä. Ambra kertoi kokille, joka kertoi kapteenille, joka sanoi, että Richard sai jäädä seuraavassa satamassa pois laivasta. Olkoon miten vaikea palata sinne, mistä oli tullut, Hollantiin. Hänen ei auttanut muu kuin kerätä kimpsunsa, lähteä pois Sant Geengiassa, jäädä pois laivasta.

En tiedä katuko tekojaan. Abikail puhutteli Richardia, mutta ei lyönyt, herrasmies kun oli.

Kapteeni kysyi, oliko muita, jotka halusivat poistua laivasta. Kaksi muuta miestä ilmoittautui, ja niin heidät laskettiin laivasta pois. Viivyttiin taas satamassa pari päivää, minkä jälkeen laiva jatkaisi matkaa. Nyt oli kolme viikkoa seilattu. Vielä kaksi viikkoa, niin oltaisiin perillä Kööpenhaminassa.

Taas merimiehet menivät satamaan kuppilaan ja heillä oli vaikeuksia palata laivalle, mutta palasivat kuitenkin. Halusivat Tanskaan, jonne hiililasti oli menossa. Sinne Ambra ja Abikail myös halusivat. Tanska oli kyllä kriittinen pakolaisiin nähden. Saas nähdä, kuinka heidän kävisi siellä. Toisaalta olivat jo pitkälle päässeet. Ei haittaisi, vaikka vastuksia tulisikin, täytyi ainakin yrittää. Kaksi vuotta vain pidettiin kerrallaan. Toisaalta se oli pitkä aika, lapsi olisi kolmevuotias silloin. Kolmesataa pidettiin vain kerrallaan. Oliko pakolaiskiintiö paljon vai vähän? Kai ne ottaisivat vastaan pakolaiskeskuksessa, jonne he joutuisivat menemään. Sieltä olisi lyhyt matka eteenpäin Eurooppaan muihin maihin. Suomeen ja Ruotsiin, Hollantiin tai muualle.

Niinpä kaksi viikkoa meni odotuksen vallassa. Odotus loppui aikanaan, ja he saapuivat Kööpenhaminan satamaan. Se oli satamakaupunki muutenkin.

22. luku

Siellä laiva purki lastinsa vietäväksi eteenpäin. Ambra ja Abikail ja lapsi ohjattiin pakolaiskeskukseen, jossa heitä katsottiin pitkään, kun koko perhe oli pakolaisiksi ilmoittautunut. Siellä oli ennestään vaikka minkä maalaisia ihmisiä pakolaisina.

Lattialla olisi patjan päällä nukkumapaikkoja. Ruoka tarjottiin talossa, johon olivat saapuneet, tanskalaista ruokaa, joka onneksi oli kalaa. He pystyivät syömään.

Siellä oli nykyaikaiset tilat, ihan erilaiset kuin bambumajoissa Afrikassa. Siellä oli wc, josta ihmettelivät, mikä se oli, samoin lattiaa, lamppua, ikkunoita, kaikkea muuta, seiniä. He olisivat menneet ulos hädälle, mutta toiset afrikkalaiset neuvoivat wc:n käyttöä eli kuinka se vedetään ja tarpeet tehdään siihen. He ihmettelivät, kun vesi tuli, ja piti painaa, että vessa olisi vedetty. He ihmettelivät katuja ja nähtävyyksiä, eivät osanneet liikkuakaan missään, pysyttelivät pakolaiskeskuksessa, mistä muut lähtivät päiväksi jonnekin muualle.

He kävelivät läheiseen puistoon juttelemaan ja ihmettelemään kaikkea. Syömään piti tulla kellon lyömällä, piti myös ilmoittautua keskuksessa ennen yhdeksää. He olivat pyörryksissä merimatkasta ja olivat väsyneitä siksi. He nukkuivat syötyään heti aamulla.

Tulkki tuli aamupuuron ja kahvin jälkeen kysymään, mistä he tulevat ja mitä työtä osaavat tehdä. He selittivät tulleensa maaseudulta ja raiskauksia ja murhia karkuun, karkuun oman maan sotilaita, jotka tappoivat heidän kylästään kaikki. Sitten he sanoivat olevansa Etelä-Afrikasta sisämaasta, mihin tulkki nyökkäsi ja sanoi, että heidän asiaansa käsiteltäisiin kahden viikon kuluttua: saisivatko jäädä maahan ja keskukseen. Sitä ennen heille neuvottaisiin työt keittiössä ja siivoojana.

Pakolaiskeskuksessa oli ennestään afrikkalaisia. Lapsi saisi jäädä Eurooppaan, ja hänestä tulisi täysin eurooppalainen. Nyt hän oli liian pieni ymmärtämään. Varmaan oli turvallisempi ympäristö kasvaa Euroopassa, turvallisempi kuin Afrikassa, missä joutuisi melko varmasti raiskatuksi, jos ei tapetuksi. Heille tulisi varmaan muutto Eurooppaan toiseen maahan, koska kuulivat, ettei Tanska pitänyt kauaa pakolaisistaan huolta. Vaan minne joutuivat, riippui varmaan itsestäänkin. Kannatti varmaan hakea muualle pohjoismaihin, mutta nyt oli jonkin aikaa oltava täällä Tanskassa, vastaanottokeskuksessa, missä oli muitakin pakolaisia.

Muut pakolaiset näyttivät heille kaupunkia: ravintoloita, nakkikioskeja, kauppoja, baareja, kahviloita, joita he katsoivat silmät suurina ihmeissään. Maaseudulta tulleina eivät olleet tottuneet moiseen. Vaatteet ja ruoka maksoivat, minkä he tiesivät. Mutta heillä ei ollut rahaa vielä. Saisivat rahaa jonkin ajan kuluttua, kun tekisivät työtä. Pakolaiskeskukseen tuli silloin tällöin vaatteita, joita sai ottaa ilmaiseksi.

23. luku

Aika kului. He oppivat joitain sanoja tanskaksi, mutta yleensä englannilla pärjäsi jotenkin. Heidän yhteinen lapsensa oli vielä kohdussa, viidennellä kuulla oli Ambra raskaana. He suunnittelivat synnytystä, että se varmaan tapahtuisi Tanskassa. Mutta hyvin pian oli muutettava maasta, vaikka heillä oli oleskelupa Tanskaan joksikin aikaa. Oli laitettava paperit menemään, neuvottiin hyvissä ajoin. Asian käsittely venyisi. He ajattelivat muuttaa Ruotsiin, jossa maahanmuuttopolitiikka oli kaikkein suopein.

Niinpä he sanelivat tietonsa, ja virkailija täytti kaavakkeet. Tekivät selonteon, miksi olivat pakolaisia, miksi halusivat pohjoismaihin. Oman maan sisällissodan takia, koska tapahtui raiskauksia ja murhia — ihan hyvä, asiallinen syy. Lisäksi kotikylä oli hävitetty niin kuin moni muukin kylä, ja missään siellä ei ollut turvallista elää. Lisäksi he tekivät selonteon lapsista, joita olisi kaksi muuttamassa mukana.

Jonkin aikaa piti vielä odottaa. Tanskassa ihmisillä oli ennakkoluuloja, ei kuitenkaan kaikilla. Virkailijoiden tuli olla asiallisia, mutta kadulla katsottiin usein pitkään ulkomaalaista, varsinkin tummaihoista ihmistä. Toiset kiersivät kaukaa. Muutenkin kaupoissa oltiin varovaisia heidän suhteensa. Eihän sitä tiennyt, mitä ulkomaalaiset tummat tahtoivat Tanskasta. Varmaan joka maassa oli ennakkoluuloja, mutta oli selaisikin ihmisiä, jotka tykkäsivät, että tuli vähän väriä elämään, vähän vaihtelua. Ihmisiä kun oli aina, jos meni ostoksille.

Ambra kävi neuvolassa, jonne hänet neuvottiin. Tulkki pakolaiskeskuksesta oli mukana. Raskaus sujui melko normaalisti. Hän oli aika pieni, niin kuin olikin, oli kyllä tehnyt lapsena yhden lapsen. Hänelle tehtiin sukupuolitautitestit, ja niistä löydettiin jotain poikkeavaa, joka sitten tutkittiin. Jokin tippurin sukulainen ja hiv. Myös Abikail ja lapsi tutkittiin. Lapsessa ei ollut mitään. Lapsi oli alle oli vuoden ikäinen ja käveli jo. Abikailissakin oli hiv, ja molemmat joutuivat lääkitykselle.

WHO:n hiv-lääkitys aloitettiin, ja mitä kaikkea muuta. Tippuria hoidettiin molemmilla.

Se ei ollut mikään ihme pakolaiskeskuksessa, olihan sitä yleisesti kaikkea muutenkin muidenkin keskuudessa joka maassa. Varsinkin narkomaanien keskuudessa, jotka käyttivät vanhoja neuloja, saivat tartuntoja. He käyttivät niitä saadakseen huumeannoksensa, ajattelematta asiaa sen kummemmin.

Molemmat olivat pahoillaan ja Ambra varsinkin, kun oli tietämättään tartuttanut Abikailinkin samalla. Näinhän sen täytyi olla, koska Abikail oli ollut koskematon ennen Ambraa, ja Ambran oli raiskannut usea mies, jotka olivat taudin kantajia. Eivät kai he kysyneet tytöiltä ja naisilta, olivatko nämä taudin kantajia.

24. luku

He eivät kysyneet, oliko sinulla hiv tai aids, vaan raiskasivat joukolla usean lapsen, usean naisen aina kylä kerrallaan. On niin, ettei ilman naista tai miestä tapahdu lisääntymistä, oli kyllä niin. Yleensä tarvittiin molempia sukupuolia. Olihan lisääntyminen ihan hauskaa, muuten ei olisi elämää maapallolla ollenkaan.

Nyt ihmiset lisääntyvät räjähdysmäisesti varsinkin kehitysmaissa, ja maissa ei ollut vettä eikä ruokaa, ei ollut ehkäisyäkään riittävästi. Monessa maassa on syntyvyyden säännöstelyyn lääkettä, ehkäisyä. Moni eurooppalainen ja muuallakin on riippuvainen niistä. Kehitysmaissa ei ole tarpeeksi ehkäisyä, siihen ei panosteta tarpeeksi. Yritystä kyllä on, mutta kaikki eivät käytä ehkäisyä, vaikka tuotaisiin kotiin ehkäisyvälineet. Eikä ehkäisyä saa joka paikkaan. Moni ei ottanut uskonnon takia tai piti sitä muuten hankalana.

Ambra täytti yksitoista vuotta, oli jo iso tyttö. Abikailille ja Ambralle tulisi yhteinen lapsi. Kaiken kaikkiaan he olivat onnekkaita saadessaan turvapaikan, päästyään laivalla matkustamaan Tanskaan. Heidän hakemustaan käsiteltiin Ruotsissa, missä oli maininta heidän kotikylänsä tuhoamisesta sekä Ambran raiskauksesta, siitä seuranneesta raskaudesta ja monista kivuista, murrosiän vaivoista traumaan, jota Ambra ei unohtaisi koskaan, vaan tapahtuma tuli hänen uniinsa uudestaan ja uudestaan kauheudessaan. Hän olisi tarvinnut hoitoa, mitä ei kuitenkaan saanut. Hänen kotimaassaan ei sellaista apua ollut, avun tarvitsijoita oli niin paljon.

Hänen kokemansa oli samanlainen kuin monella muulla. Asialle ei voitu mitään, niin tavallista raiskatuksi tuleminen yleistä oli. Monet oli moneen kertaan raiskattu ja monet myös tapettu raa'alla tavalla. Ambralla oli tosin onnea matkassaan, ja neuvokkuutensa ansiosta hän oli selvinnyt. Hän muisti kiittää rukouksin jumalaa, käsittäen, ettei välttämättä jäänyt henkiinkään raiskauksen jälkeen. Olihan hän nähnyt, kun tytöt kuolivat hänen ympärillään, ja joka kylässä, missä kävi, oli raiskauksen uhrina kuolleita tyttöjä ja naisia. Sellaiseen ei koskaan totu, vaikka näkeekin raiskauksessa kuolleita.

Osa selvisi ja kantoi raiskaajan lasta, ehkä hoiti tätä monta vuotta. Toiset tappoivat lapsia, jotka olivat raiskauksessa alulle pantuja, tai luovuttivat pois tai jättivät kuolemaan jonnekin lapsensa, rangaisten lasta isien teosta. Osa myös rankaisi raiskaajaa sillä tavoin, että tappoi lapsen tai jätti heitteille, mikä sinänsä oli rangaistava teko, mutta kyllä näitä tyttöjä ymmärsi jotenkin, myötätunto oli heidän puolellaan. Eivätkä olleet tolkuissaankaan niin tehdessään. Lapsi oli kuitenkin syytön, viaton isien raiskaukseen. Ei ota selvää usein joukkoraiskauksessa, ei tiennyt kukaan isästä mitään. Ei ollut omaatuntoa miehillä, kun raiskasivat lapsiakin.

25. luku

Onneksi he olivat elossa ja turvassa, ettei ollut sattunut sen pahemmin. Huonomminkin olisi voinut käydä, mutta Ambralla oli onnea matkassaan, että tapasi Abikailin ja meni tämän kanssa naimisiin ja nyt oli vielä yhteinen lapsi tulossa. Kaikillehan ei käynyt yhtä onnekkaasti: he menehtyivät tai heidät tapettiin. Tai kuolivat raiskauksen seurauksena. Miehet olivat tosi julmia, kun tulivat kyliin. Sääliä ei tunnettu. Joillain naisilla saattoi olla perhettä ja useampi lapsi. Saattoivat äiti sekä tyttäret tulla raiskatuiksi, ja saattoi olla ihan pieniä lapsia, jotka kauhuissaan katsoivat vieressä, kun äitiä raiskattiin tai vielä pahempaa, tapettiin, ja lapsi jäi yksin maailmaan.

Lapset katselivat tapahtumaa vierestä käsittämättä, mitä tapahtuu, ja itkivät ja yrittivät takertua äitiin. Sotilaiden tullessa oman maalaiset afrikkalaiset työnsivät lapsen syrjään, joskus tappaen. Sellaista sattui usein. Joskus äiti joutui katsomaan, kun tytär raiskattiin. Jos huusi, tiesi se varmaa kuolemaa. Saattoi silti seurata siitä kuolema. Jos jäi pieni lapsi henkiin, toivoi tietenkin, että itse jäisi lasta varten henkiin. Mutta sotilaat, afrikkalaiset, olivat niin julmia, etteivät ajatelleet mitään tappaessaan.

Ambra oli viidennellä kuulla raskaana, ja vatsa pyöristyi. Hänen oli saatava isompia vaatteita, joita sitten tuotiin. Siellä oli myös isompia. Kovin suuri Ambra ei ollut, joten aikuisen vaatteet olivat hänelle isoja. Oli joitain lasten vaatteita, jotka kävivät myös hänelle, ne olivatkin tarpeeseen. Oman maansa tapaan hän piti mekkoja, myös sukkahousuja, joita opetteli pitämään.

Nyt vain täytyi odotella raskauden etenemistä, sekä Ruotsista päätöstä, muuttaako sinne, mikä olisi hyvä heille: päästä suvaitsevampaan ilmipiiriin, jollainen Ruotsissa kuuleman mukaan olikin. Sama se, mihin kaupunkiin, kun vain pääsisi maahanmuuttoon kielteisesti suhtautuvasta Tanskasta.

Kun synnytyksen aika koitti, he olivat vielä Tanskassa ja he pohtivat, mitä kannattaisi tehdä. Toisaalta Ambra oli Tanskassa käynyt neuvolassa, ja synnytyksestä sovittiin. Niin Ambra joutui synnyttämään. Poltot tulivat. Meni kaksi tuntia sujuvasti, ja polttojen kera lapsi oli ulkona kohdusta. Toivottu lapsi oli myös tyttö.

26. luku

Nyt Ambralla oli kaksi lasta, molemmat tyttöjä. Onneksi ei oltu Afrikassa, jossa olisi vaara piilemässä tyttöjen kasvaessa. Missä vaaroja ei pienelle lapselle olisi, mutta todennäköinen vaara vaani äidin kotimaassa, jossa armoa ei annettu, vaikka elämä on pyhä myös ihmisissä ja naisissakin, niin kuin tytöissäkin.

Lapsi sai nimekseen Ada. Isä Abikail oli tyytyväinen, vaikka heillä oli vieraan tekemä tyttö kasvamassa, yli vuoden vanha, joka oli valloittava persoonan alku isästä huolimatta. Mutta oli selvää, että hänen oma lapsensa tulisi olemaan rakkaampi. Myös Ambra muisti Ali-tytöstä usein raiskaukset, oli sen johdosta vähän pahoillaan ja katkera. Kun muistot tulivat mieleen, hän poti huonoa oloa, Adasta sitä vastoin tuli hyvilleen vain. Oli pakko pitää huolta molemmista lapsista, olivathan ne Ambran kuitenkin kaikesta huolimatta.

Synnytys oli ollut helppo ja onnellinen, vaikkei Abikail tullut synnytykseen. Vaikka olisi saanutkin, ei uskaltanut, oli kai niin vanhanaikainen maansa miesten tapaan. Sitten hän sai luvan mennä Ambran vuoteen viereen katsomaan tyttöä. Ambra oli itkenyt, koska taas tuli tyttö, joiden olo Afrikassa olisi huono. Eihän pohjoismaissa ollut samanlaista vaaraa, eikä ollut sääntö tulla raiskatuksi niin kuin Afrikassa oli tapana usein. Jonkin verran lapsiin kohdistui seksuaalista väkivaltaa myös pohjoismaissa, mutta ei siinä määrin kuin heidän kotimaassaan. Pervoja tyyppejä oli aina jonkin verran joka maassa. Suht koht turvassa saivat olla lapset.

Enemmänkin naisiin kohdistui seksuaalista väkivaltaa, jota oli useassa maassa. Varsinkin Ambran kotimaassa se oli pikemminkin sääntö kun poikkeus, raiskatuksi tuleminen. Säännöllisesti raiskattiin joka päivä 1 500 naista ja lasta ja tapettiin kanssa. Hyvin eivät olleet asiat siellä. Maaseudulla käytiin säännöllisesti hävittämässä ja hajottamassa kyliä sekä raiskaamassa ja tappamassa. Se ei ollut vähäistä, vaan laajalle levinnyttä. Myöskään kaupungeissa kadulla ei ollut turvassa.

Sellaista se todella oli, ihmishenki ei maksanut mitään. Mutta Ambra oli selviytyjä kaikesta huolimatta. Jos joku sotilas olisi halunnut tappaa hänet, se olisi ollut helppoa, koska Ambra oli niin pieni ja nuori ja oli vieläkin. Eikä hän kyennyt puolustautumaan ollenkaan, sellaiseen ei ollut opetettu.

27. luku

Elämä tarjosi muuten turvalliset puitteet kylässä, lukuun ottamatta sotilaita, jotka tekivät selvää jälkeä kylästä hävittäen kaiken maan tasalle. Ihmiset yrittivät paeta, mutta harva pääsi pakenemaan tai jäi henkiin. Se oli sotilaille kuin sääntö, jota he toteuttivat poikkeuksetta, näkemättä yksilöitä tai tuntematta omantunnon tuskia: kohtelivat raa'asti vastaan tulevia ihmisiä. Kylissä, joissa kävivät, oli asukkaita varten savi- ja heinämajat rakennettu. Ne olivat asukkaita varten niin kauan, kunnes sotilaat tulivat. Silloin oli turvapaikka hakusessa. Pienet tekemiset ja sanomiset.

Metsä oli lähellä, usein heinikko, jos sinne asti kerkesi tai pääsi. Sitä moni kyläläinen yritti. Harvemmin kuitenkin pääsi.

Nyt oli hyvin Ambran ja Abikailin elämä sekä heidän tyttöjensä. Onneksi he ajattelivat ja lähtivät pois maasta, minne ei jäänyt mitään, mitä olisi kaivannut. Isät ja äidit oli molemmilta tapettu, sukulaiset samoin. Sotilaiden jäljiltä ei jäänyt kuin kuolleita omaisia.

Tietysti heitä kaipasi, mutta elämä oli lahja myös niille, jotka riistettiin heiltä pois. Itse he välttivät samanlaisen kohtalon. Missä jumala oli, kun ei auttanut? Mutta nythän he olivat pelastuneet kuitenkin, he kaksi ihmislasta, joilla oli katkeria ja pelottavia muistoja kotimaastaan. Sinne he eivät palaisi, eivät sitten millään, vaikka kuinka köyhää olisi pohjoismaissa, ei sittenkään. Kotimaassa olisi vielä köyhempää ja kurjempaa. Kaikki olisi nyt toisin, asiat muuttuneet paremmiksi. Piti kiittää jumalaa siitä, että oli turvassa ja jokapäiväinen leipä oli taattu. Vielä kun pääsisivät Ruotsiin muuttamaan, olisi kaikki paremmin kuin hyvin. Silti ei pitäisi olla kiittämätön ja ylimielinen, vaikka kaikki hyvin onkin.

He siis joutuivat odottamaan puoli vuotta ennen kuin saisivat tietää, oliko heille paikka pakolaiskeskuksessa Ruotsissa. Heidän hyvä onnensa jatkuisi, jos he pääsisivät sinne saakka. Tarjoaisiko majoituskeskus matkarahat vai pitäisikö ne ansaita? Kun oli pieniä lapsiakin vielä Ambralla.

28. luku

Niinpä he joutuivat töihin, siivoamaan ja keittiöön. He saivat apua eräältä rouvalta, jolla oli itselläänkin lapsia, tosin vanhempia kuin Ambran. Vuoden vanha tytär Ali ja pariviikkoinen Ada saivat rouvan hoivissa olla. Välillä piti käydä syöttämässä Adaa, sitten taas siivoamaan ja keittiölle töihin. Siivottavaa piisasikin, kun ihmiset ravasivat edestakaisin sisälle ja ulos. Vaikka olivatkin sisällä sukkasillaan, trafiikki oli melkoinen naisten, miesten ja lasten tullessa ja mennessä.

Lisäksi ikkunat piti pestä, mitä Ambra ja Abikail molemmat ihmettelivät. Heille neuvottiin se homma, ja he pelkäsivät vähän lasia, ettei se hajoaisi. Lisäksi oli vessoja siivottavana useita. He olivat ihmeissään vetovessasta: että vesi huuhtoutui alas vedellä, eikä tarvinnut sitä varten mennä ulos kadulle tekemään tarpeitaan, niin kuin he aluksi luulivat. Eivät olleet tottuneet vetovessaan. Siinäkin neuvottiin kädestä pitäen, pyörittämään vessaharjalla, ja tulihan siitä puhdasta.

He olivat melkein innoissaan siivouksesta sun muusta. Oli se niin uutta, he saisivat menoliput Ruotsiin, jos ylipäätänsäkään pääsisivät sinne. He odottivat vastausta. Jos eivät pääsisi, he eivät tienneet, missä olisivat. Ihmisten luonako? Tuskin heitä otettaisiin. Minne he menisivät?

He näkisivät sen sitten, kun noin puoli vuotta olisi kulunut. Siihen asti he saisivat olla Tanskassa pakolaiskeskuksessa. Mitään ihmeempää ei tapahtunut heille, illat olivat vapaita. He saivat olla muksujen kanssa, jos pysyivät hereillä. Aikaisin he siirtyisivät yöunille. Erityisesti Ada tarvitsi äitiään, koska oli rinnasta riippuvainen, rintamaidosta. Onneksi se oli tyytyväinen suurimman osan aikaa. Tavoitteli otetta pienillä käsillään, se oli niin pieni ja hauras, niin kuin vauvat ovat. Ada söi ja nukkui, söi öisinkin. Äiti ruokki sen aina, onneksi maitoa kuitenkin tuli. Vaikka äiti oli niin nuori ja lapsi itsekin. Niin pienellä vauvalla oli parin tunnin välein nälkä.

29. luku

Se huusi, jos ei heti saanut ruokaa, tissiä suuhunsa. Vanhempi tytär söi jo kunnon ruokaa, kasvoi ja vahvistui. Vaikka oli pieni ikäisekseen, hänkin niin kuin nuorin Adakin. Ali oli reipas tyttö, ei tiennyt mitään kauheuksista, joita äiti oli kokenut, eikä sitäkään, miten itse oli saanut alkunsa. Eikä tietenkään Ambra aikonut kertoakaan koskaan. Ei tulevaisuudessakaan tytön varttuessa. Hän suojelisi tätä kaikelta pahalta maailmassa, miltä oli vain mahdollista suojella. Hän antaisi tytön olla rauhassa, mikäli se hänestä riippuisi.

Niin kului sekin aika odotuksen vallassa. Lapset olivat kasvaneet, toinen puolitoistavuotias toinen puolen vuoden ikäinen. Leikkien aika kului läheisessä leikkipuistossa, he leikkivät omia viattomia lasten leikkejään.

Niin sitten tuli Ruotsista päätös, joka oli kielteinen – ei onnistuisi heidän muuttonsa Ruotsiin –, mutta heti sen jälkeen tuli myöntävä päätös. Niinpä nyt ei tiedetty, pääsikö Ruotsiin vai ei. Vastaanottokeskuksen virkailijat ottivat Ruotsiin yhteyttä ja kysyivät päätöstä. Päätös oli sittenkin myönteinen, mistä he olivat riemuissaan. Lopullinen päätös oli myönteinen! He juhlivat omalla tavallaan päätöstä. Päätös kuitenkin voitaisiin perua, mikäli sellaisia asianhaaroja tulisi eteen, että päätös pitäisi perua. Lisäksi riippuisi heidän käytöksestään, saisivatko jäädä Ruotsiin, jonne pian järjestelyjen jälkeen matkustaisivat, yhdessä lasten kanssa ja aikuisen saattajan. Siellä oltaisiin vastassa.

Niin asiat saatiin kuntoon, paperit kuntoon.

30. luku

He pääsivät lähtemään. Laivamatka taittui vesitse mukavasti. Vähän lapset voivat pahoin, mutta sitten oltiinkin jo perillä. He pääsivät autolla pakolaiskeskukseen, missä heitä ohjattiin omiin huoneisiin ja asettumaan taloksi. Olosta Ruotsissa tulisi pitkä. He saisivat jäädä Ruotsiin, mikäli halusivat, ja heidän jäämisensä Ruotsiin oli suositeltavaa. Ruotsi oli toivottanut heidät tervetulleiksi, mikä oli hyvä asia heille ja monelle muulle pakolaiselle.

Ruotsi ei ollut pakolaisvastainen maa. Olipa yksi maa, joka otti vastaan kaikenmaalaisia, katsomatta kansallisuutta, rotua, uskontoa ja kaikkea muuta. Heillä ei ollut niin paljon ennakkoluuloja kun yleensä oli muissa maissa. He eivät olleet niin jyrkkiä, ruotsalaiset, vaan suvaitsevaisia. Olihan siellläkin maahanmuuttoon kriittisesti suhtautuvia. Mutta yleensä maahanmuuttopolitiikka oli sallivampaa kuin muissa maissa. Sieltäkin tuli kielteisiä muuttopäätöksiä, jos oli tosi painavat syyt, mutta yleensä muutto oli mahdollista, niin kuin Ambralle ja Abikaílillekin ja heidän lapsilleen.

Jos Ruotsi käännytti, piti olla tosi painavat syyt, eikä heillä ollut sellaisia syitä, päinvastoin. Heillä oli mitä pätevin syy olla turvapaikanhakijoina. Syynä oli maan kamala sisällissodaksi nimitetty tappaminen ja raiskaaminen, jota afrikkalaiset itse tekivät afrikkalaisille. Se oli mitä pätevin syy tulla maahan pakolaisena, samoin se seikka, että elinolot olivat sellaiset, että niissä ei voinut elää. Kotikylä ja monta muuta kylää oli tuhottu, niin ettei ollut paikkaa minne mennä eikä tiennyt, missä olisi asunut suht koht turvassa.

Täällä Ruotsissa ei olisi afrikkalaisia miehiä veitsineen sotimassa, mihin he monesti havahtuivat.

He kotiutuivat Ruotsiin niin hyvin kun taisivat.

31. luku

Heillä oli myös muuta seuraa keskuksessa toistensa lisäksi. Heillä ei ollut tullut aika pitkäksi siellä keskuksessa, vaan he saivat tehdä töitä, lukea ruotsia, opiskella, hoitaa lapsiaan ja ansaita siinä ohella vähän rahaa, Ruotsin kruunuja. Ruotsin kieli piti opetella, ja opittavaa oli paljon. He katselivat ja ihmettelivät niin kuin lapset konsanaan, lapsiahan he todellisuudessa olivatkin, Abikail ja Ambra.

Virkailija sanoi, että ehkäisystä on huolehdittava, mutta siitä oli jo Kööpenhaminassa huolehdittu. Ambralle ei sopinut kierukka, ja hän joutui ottamaan ehkäisypillereitä. Niin nuori ja sukupuolielämää jo ja lapsiakin, oli afrikkalaisittain naimisissa. Avioliitto ei pätenyt täällä Ruotsissa, niin kuin ei Tanskassakaan. Lapsia ei vihitty. Sellainen sääntö oli. Vaikka kuka heitä kielsi yhdynnät, mitkä ei ollut suositeltavaa nuoresta iästä huolimatta.

Ambra täytti kaksitoista pian ja oli jo teini, niin kuin Abikailkin. He eivät tienneet tarkkaa syntymäpäiväänsä. Syntymävuosi ehkä oli mielessä. Sen he olivat kuulleet vanhemmiltaan, jotka nyt olivat kuolleet, vaikka he olisivat tarvinneet heitä monta kertaa. Väkivaltaisesti tapettuja olivat molempien vanhemmat. Elämä oli riistetty väkivalloin.

Muistot palasivat kotikylään, sen kauheaan kohtaloon. He tekivät töitä ja tutustuivat kaupunkiin, joka oli Tukholma. Ambralla oli työpaikka keittiössä ja siivoojana. Siivousalalla oli kuitenkin miehiä, jotka lähentelivät Ambraa. Hän puhui siitä murteellisella englannilla päällikölle, joka lupasi tarttua asiaan, mutta asia jäi siihen. Kunnes Ambra oli siivoamassa vessoja, kun joku mies kävi hänen luonaan ehdottelemassa seksiä. Kun Ambra torjui, mies kävi hyökkääväksi ja onnistui raiskaamaan Ambran.

32. luku

Ambra oli pinttynyt aikaisempien raiskauksien takia, silti se otti koville. Hän oli tukka sekaisin ja mekko rypyssä, muutenkin nuhjaantuneen näköinen. Ambra meni kotiinsa nuollen haavojaan yksikseen. Kun Abikail tuli töistä, Ambra kertoi hänelle, että työpaikalla oli yksi mies käynyt kiinni ja raiskannut hänet. Enää hän ei jaksanut pitää omana tietonaan tapahtunutta raiskausta. Kipeänä paikoistaan hän meni vuoteeseen.

Abikail tulistui tapahtuneesta ja meni Ambran esimiehen juttusille ja kysyi, onko tämmöinen sallittua työlaissa teidän työpaikassanne. Vai saako tällaista tehdä ylipäätänsäkään? Hän kysyi tietäen, että se oli lailla kielletty Ruotsissa.

Esimies sanoi, että hänen oli työvoimapulan vuoksi pakko ottaa töihin kaikki, jotka hakivat. Tällainen ei kyllä kävisi, päinvastoin se oli kaikkea moraalia vastaan. Ehdottomasti kiellettyä.

Seuraavana päivänä Ambra kertoi, kuka oli tehnyt raiskauksen. Mies otettiin puhutteluun, ja hän puolustautui sanomalla, että Ambra oli tehnyt sitä yhtä mielellään kuin hän, eikä myöntänyt raiskausta. Esimies moitti ja sanoi, että työaikana tehty teko oli rikos. He joutuivat antamaan poliisille ilmoituksen raiskatuksi tulemisesta.

Poliisit olivat tottuneet tällaisiin ilmoituksiin, jotka tulivat maahanmuuttajilta. Mutta Ambran nuoren iän vuoksi he tarttuivat asiaan, ja yhdessä he nostivat syytteet miestä vastaan.

Heillä ei ollut suojaa, ei mitään turvaa, vaan kuka vain sai tehdä mitä vain heille. Se ei ollut oikein, niinpä he valittivat asiasta poliisille. Usein kuitenkin tekijä selvisi ilman mitään tuomiota, liian usein. Kuitenkin mies sai 1 300 kruunun sakot ja joutui maksamaan korvauksia myös Ambralle saman verran. Jotain oikeutta sentään, tai että edes tuli kuuluksi.

33 . luku

Korvauksia kivusta ja särystä. Se oli paljon. Maahanmuuttajat olivat suojattomia. Varsinkin naiset, joskus miehiäkin lähenneltiin. Harvemmin he nostivat syytettä sellaisesta. Vaaleat naiset tykkäsivät tummista miehistä. Harvemmin meni raiskaukseksi asti, mutta sellaistakin sattui kuitenkin.

Naisia kohdeltiin kuin orjakaudella ikään, jolloin valkoiset miehet pitivät tummia tyttöjä seksiorjinaan. Muutenkin orjan työssä olivat ennen. Seksiorjia oli ihan yleisesti — myös miehiä pidettiin orjina ja seksiorjina, joiden piti olla valkoisen miehen käytössä aina kun tämä vaati. Heidän arvonsa ihmisenä ei ollut mitään. Heitä hakattiin ja pidettiin puuvillapelloilla pakkotyössä, afrikkalaisia ja muita tummia. Miehiä ja naisia, lapsiakin.

Niiltä ajoilta, jolloin kohdeltiin huonosti orjia, oli jotain jäänyt sorrosta muistuttamaan, ettei kaikki unohtuisi. Olihan se ihmisarvoa loukkaavaa. Orjuus sekä nykyaikana hyväksikäyttö kaikenlainen. Oli ihmistä alentavaa. Ei kuulunut ketään sortaa, ei tummaa, ei vaaleata, pientä, ei suurta erilaisuutta. Vaan kaikki oli hyväksyttävä sellaisina kuin olivat luojalta lahjat saaneet.

Ambra päätti oppia ruotsin kielen ja kävisi peruskoulun, jonka jälkeen lähtisi opiskelemaan. Hän luki peruskoulussa ja kävi ruotsin kielen tunneilla sekä maksoi lisäopetuksesta työllä ansaitsemillaan rahoilla, mistä vastaanottokodissa ilahduttiin. Siellä puhuttiin hänelle ruotsia, ja niin Ambra oppikin kielen aika nopeasti, nuoren ikänsä johdosta. Hän olisi pian 13-vuotias ja osallistui maahanmuuttajille, pakolaisille tarkoitettuun koulutukseen. Lopulta hän peruskoulun ohella sai lastentarhasta paikan. Muutamaksi tunniksi.

34. luku

Hän harjoitteli ja puoli vuotta luettuaan osasi välttävästi ruotsia. Hänellä ei ollut ongelmia kielen oppimisessa. Lisäksi hän jatkoi peruskoulussa, joka oli englanninkielinen. Hän lukisi koko peruskoulun kolmessa vuodessa. Jos ei nopeamminkin.

Hän sai jonkin verran palkkaa ja osan rahoista laittoi pahan päivän varalle. Hän hoiti huolella omia ja muiden lapsia. Häntä kiitettiin, päiväkodin johto kiitti, olivat tyytyväisiä. Hän jos kuka tiesi turvallisen elämän merkityksen. Miten sitä piti vaalia ja rakastaa elämää, jonka oli luojalta saanut. Kallisarvoisen elämän lahjan saaneena antoi arvoa erikoisesti pienille ihmistaimille. Hän oli niin kovan koulun käynyt itse, ettei toivonut kenellekään samanlaista kohtelua, mikä sekin oli mahdollista, niin sivistysvaltiossa kun oltiinkin. Mikään ei ollut itsestään selvää – terveys ja hyvä turvallinen elämä. Joskus ihmiset eivät ymmärtäneet niiden arvoa, sitä, kuinka kallisarvoista elämä on, vaan pitivät sitä itsestään selvänä, mitä se ei suinkaan ollut.

Ambra tiesi, kuinka elämä voi katketa yhtäkkiä tai voi tapahtua jotain pahaa, vaikkei osaisi odottaa sellaista. Itsestään selvää elämä ei todellakaan ollut aina. Mistä sitä tietää, mihin kaikkeen ihminen pistää nenänsä, tai joutuuko hän johonkin, mitä ei olisi uskonut ikinä. Kenelle vaan voi tapahtua kauheita. Ambra uskoi niin ja hoiti siksi lapsia hellävaraisesti ja huolellisesti. Kohteli kuin kukkaa kämmenellä.

Abikail halusi ammatin, jota voisi harjoittaa, mutta hänkin joutui lukemaan peruskoulun läpi. Sen jälkeen hän lukisi sähköasentajaksi. Abikail oli melko lailla Ambran ikäinen, ja peruskoulun käyminen kestäisi pari kolme vuotta, minkä jälkeen voisi hakea alan koulutukseen. Hänenkin oli luettava ruotsia, opittava ruotsia puhumaan. Hän oli nopea oppimaan niin kuin Ambrakin.

35. luku

Molemmat oppivat ennätysajassa ruotsin kielen välttävästi, niin että sillä tuli toimeen. Sitä taitoa tarvittiinkin heti ja aina käytännössä.

Aavikoilla ja Afrikan savanneilla olleet Ambra ja Abikail olivat pian sopeutuneet Ruotsiin, joka tarjosi pysyvän turvapaikan, opetuksen ja kaiken, mitä he tarvitsivat. Ambra viihtyi lasten parissa ja oppi heiltä uutta ja lisää ruotsin kieltä, arkisessa käytännössä. Viikonloput olivat vapaat ja kokonaan perheelle omistetut. He saivat vapaata, jonka käyttivät lasten kanssa puistossa oleiluun ja virkistyivät luonnossa. Luonnonlapsia kun olivat, maalta kotoisin, oli elämys nähdä puita ja ruotsalaista metsää, joka pursusi erilaisia puita ja kukkasia.

Afrikasta lähteneinä heillä ei ollut samoja edellytyksiä kun monella muilla. Mutta nopean päättelykykynsä ansiosta pärjäsivät hyvin. Niinpä heidän elämänsä tasaantui ajan oloon. He muistelivat Afrikassa oloaan yhdessä toisinaan. Eivätkä he olisi arvanneet, että elämä voisi muuttua niin kokonaan Afrikasta muuton jälkeen. Elämä oli muuttunut totaalisesti, kokonaisvaltaisesti. Kaikki eivät todellakaan olleet yhtä onnekkaita kuin he, jotka saivat luvan tulla Ruotsiin sekä kouluttautua siellä, eikä samanlaisia vaaroja ollut ollenkaan. He saivat asunnot ja ruoan, he todella olivat onnekkaita. Johan sitä epäonnea olikin ollut.

Nyt heille oli tarjoutunut loistava tilaisuus luoda uusi tulevaisuus heille ja heidän lapsilleen. Lapset oppisivat Ruotsin maan tavoille pienestä pitäen, eikä heillä olisi enää uhkaa sotilaista, ei kellään niistä, jotka tulivat pakolaisena Ruotsiin. Ennakkoluulot ja rasismi olivat pientä siihen verrattuna, mitä omassa kotimaassa tapahtui. Lapsilla oli kuitenkin paremmat mahdollisuudet kuin heidän vanhemmillaan, siis Ambralla ja Abikaililla sekä heidän vanhemmillaan. Nyt oli paremmat lähtökohdat heillä elämään. Vaikkakin hekin törmäsivät ennakkoluuloihin ja syrjintään.

36. luku

Syrjintä kohdistui tummaihoisiin. Niinpä erään kerran metrojunassa eräs mies koetteli käsin ja Ambra hermostui. Ambralla oli teräase mukanaan puolustusta varten. Hän käytti sitä mieheen, tulistui niin kauheasti, että puukotti pienellä veitsellään miestä. Linkkuveitsellään. Mies oli ihmeissään saatuaan osumat käsivarteensa, keskivartaloon ja niskaan. Mutta ei kuitenkaan kuolettavasti haavoittunut, typertyneenä katsoi vain Ambraa ja haavojaan. Ei osannut odottaa sellaista. Joku painoi hätäjarrua ja soitti paikalle poliisit, jotka tulivatkin viidessätoista minuutissa.

Oli harvinaista tulla puukotetuksi metrossa. Juna siis pysähtyi, ja nuorimmainen Ada ja äiti alkoivat molemmat itkeä. Äiti ryntäsi miehen kimppuun, joka vuosi verta useasta haavasta. Poliisi kysyi: "Sinäkö löit? Noin pieni ja nuori, minkä tähden?" Johon Ambra parhaan taitonsa mukaan selitti englanniksi, että mies lähenteli ja kosketteli hänen vanhinta tytärtään, joka parhaillaan itki toisen pienemmän kanssa. Ambra oli tuohtuneessa tilassa eli kiihtynyt tapahtumista, joista oli vaikea poliisin saada selkoa. Oikeuden käynti siitä tulisi.

Poliisi otti linkkuveitsen pois Ambralta, laittoi sen pussiin todistusaineistona, jos oikeudenkäynti tulisi. Lisäksi hän otti molemmilta osapuolilta nimet ja osoitteet. Poliisi otti heidät molemmat talteen yleisellä paikalla rähinöinnin ja veitsen käytön takia ja kuljetti heidät lähimmälle poliisiasemalle. Lapset joutuivat sosiaalityöntekijälle, joka teki ilmoituksen vastaanottokeskukseen sekä lastensuojeluun. Ambra joutui uudelleen selittämään poliisiaseman kuulusteluissa, että mies oli käynyt kiinni hänen puolitoistavuotiaaseen tyttäreensä, mistä Ambra oli suuttunut, niin että puolustautui teräasein. Hän pelkäsi, ettei saisi lapsia takaisin, mutta sosiaalivirkailija odotti lasten kanssa Ambraa.

37. luku

Selviäisikö juttu? Mies pääsi ensiapuun, jossa hänen haavansa ommeltiin ja sidottiin. Poliisit kysyivät, vaatiko hän oikeudenkäyntiä. Hän ei halunnut nostaa syytettä Ambraa vastaan, joka oli lapsi itsekin. Hoiti lapsia, kenenkähän lapsia, kysyivät poliisitkin. Ambra sanoi, että hänen omiaan. Ambraa oli vaikea uskoa, hän oli pienikokoinen.

Mies oli tiennyt tehneensä väärin, kun lähestyi Adaa lähennellen. Mies oli poliisin vanha tuttu, jäänyt aikaisemminkin lasten ahdistelusta kiinni. Vanha tekijä. Sikäli syytteessä miestä vastaan uskottiin Ambraa, koska oli toden perää: mies oli aikaisemminkin tehnyt sellaista, lähennellyt lapsia muun muassa puistoissa.

Kun Ambra kuuli, että mies oli ennenkin tehnyt sellaista, lähennellyt lapsia, hän katui, ettei ollut tappanut miestä, ajattelematta, mitä siitä seuraisi – varma huostaanotto, nuorisovankila.

Mies jäi henkiin ja sai poliisilta varoituksen, niin löysää lakia että. Tähän asti oli päässytkin kun koira veräjästä. Muut ihmiset olivat olleet kauhuissaan tajuamatta koko tilannetta. Peloissaan he halusivat ulos metrosta. Joku kuitenkin oli nähnyt miehen lähentelyt ja suostui poliisille kertomaan näkemästään.

Ambra sai sakot tulojensa mukaan, jotka eivät olleet kovin suuret. Pääsisikö hänkin pelkillä varoituksilla ja sakoilla? Sellaista sattui joskus, äitien oli vain otettava lapsensa kauemmaksi tekijästä.

Mies ei saanut sen kummemmin seuraamuksia. Siksi hän kai sai jatkaa lähentelyjään lapsia kohtaan. Ambra oli heti huomannut ja sen tähden tulistunut ja puukottanut, hirveät kokemuksensa taustalla muistona. Ne olivat katkeria: hän näki yhä painajaisia, vaikka tapahtuneesta oli usea vuosi. Hän näki unia, joissa hän pakeni tai oli miehen raiskauksen kohteena.

Poliisi joutui myös ilmoittamaan lastensuojeluun tapahtuneesta. Uhri oli alaikäinen, jolla kuuleman mukaan oli alaikäisiä lapsia kaksi.

Äiti oli kaksitoistavuotias Ambra, joka oli joutunut puolustautumaan lähentelijää vastaan, puukoin oli puolustanut itseään ja lapsiaan. Hän asui vastaanottokodissa, ja niinpä viranomaiset halusivat nähdä Ambran ja tämän lapset sekä pojan, jolle lapset oli tehty.

38. luku

He uskoivat niin. Heidän saavuttuaan lastensuojeluun lastensuojeluviranomaiset alkoivat kysellä. Ambra selitti niin hyvin kun taisi, englanniksi, jota osasi paremmin kuin ruotsia, että heidät oli heidän omassa maassaan vihitty Afrikassa. Heidän mukaansa vihkiminen oli sitova ja laillinen. Mihin viranomaiset selittämään, ettei lapsia voi vihkiä keskenään ainakaan Ruotsin lain mukaan, vaan he olivat kumpainenkin lapsia, joita ei siis voitu vihkiä Ruotsissa ollenkaan.

Kysymyksiä riitti. Kuinka vanhoja he olivat, entä heidän lapsensa, jotka olivat mukana? He kysyivät, koska olivat tulleet Ruotsiin. Ambra ja Abikail kertoivat ikänsä: kaksitoista vuotta molemmat. He todennäköisesti joutuisivat nuorisokotiin molemmat, ulkomaalaisille tarkoitettuun nuorisokotiin, jollei heillä ollut vanhempaa ihmistä, joka valvoisi heitä. Niinpä he olivat tutustuneet muutamaan musliminaiseen ja -mieheen. Kysyivät, voisivatko nämä valvoa heitä ja muuttaa asumaan saman katon alle. Afrikassa aina kaikki hyvä ja paha jaettiin ihmisten kesken.

Heille kävi yhteen muuttaminen, heitä oli kaksi naista ja yksi mies. He halusivat perheen, jossa olisi lapsia myös. Nythän tämä kävisi hienosti, jos vain viranomaisille kävisi niin.

Tarvittiin asian käsittelyä varten kokous, jossa päätettiin asiasta. Naisten tausta tarkastettiin huolella, kelpaisivatko he sijaisvanhemmiksi. Saisivatko Ambra ja Abikail lapsineen muuttaa asumaan heidän kanssaan? Muuten lapset erotettaisiin lapsiäidistä, jollaisiin viranomaiset silloin tällöin törmäsivät. Ambra ja Abikail eivät olleet ainoat, jotka tulivat virkailijoiden tutkittavaksi samoissa merkeissä.

Asia oli kiinnostava, lehdet halusivat oman juttunsa, mutta he kieltäytyivät kunniasta. Niin odotettiin kokousta, joka sitten pidettiinkin. Ambra ja Abikail olivat ulkopuolella odottamassa.

39. luku

Asian käsittely kesti monta tuntia, kaikkia asianhaaroja tutkittiin. Heillä oli kuitenkin molemmilla työpaikat, ja he lukivat ruotsia. He halusivat heti tietää, miten heidän kävisi.

Lastensuojelulautakunta sanoi, että jouduttiin odottamaan parikin viikkoa ennen kuin lopullinen päätös olisi valmis. Alustavien tietojen valossa oli mahdollista, että he pääsisivät muuttamaan kahden naisen kanssa Karenin ja Evan, sekä miehen, joka oli nimeltään Ben, mutta varmaksi ei tiedetty. Asia varmistuisi kahden viikon kuluttua.

Päätös olisi valmis, mikä se olikin, ja he rukoilivat perheineen asian puolesta. Ambra joutui kertomaan, miksi oli muuttanut maahan ja miksi puukottanut miestä: koska oli hädissään joutunut miehien raiskaamaksi, mistä vanhin lapsi sai alkunsa. Viranomaiset ymmärsivät, että hänellä oli trauma tapahtumista. Antoivat siksi sekä myös selvinneiden tietojen valossa anteeksi puukotuksen.

Vastaus tuli viranomaisilta vastaanottokeskukseen kirjeitse. Vastaanottokodissa luettiin paperit: vastaus oli myönteinen, jos vain löytäisivät tarpeeksi ison asunnon heille kaikille: neljä huonetta ja olohuone, keittiö, suihkut ja vessat. Se ei olisi vaikeata, koska asuntoja oli aina vuokrattavana. Isoja asuntoja oli enemmänkin. He pyysivät vastaanottokeskuksessa virkailijaa katsomaan ruotsalaislehdistä asuntoja, heille sopivaa asuntoa, mikä onnistuikin heidän aikansa etsittyään.

Asunto löytyi, ja virkailija soitti sinne ja kertoi, keitä oli sinne mahdollisesti tulossa. Kertoi, kuinka monta heitä oli, että lapsiakin oli. Kysyi, käykö se, mihin huoneen vuokraaja vastasi: "En välitä, kuka tulee tai ketkä tulevat asumaan, kunhan maksavat vuokran ajallaan." Niin sovittiin katsomisesta, huoneiden katsomisesta: kelpasiko se heille kaikille?

40. luku

Huoneiden katselu oli seuraavana päivänä kello yhdeltä. He menivät katsomaan ja totesivat, että kyllä kelpaa. Huoneet olivat sopivat, ruhtinaalliset afrikkalaisille, jotka kotimaassaan eivät osanneet uneksiakaan tällaisesta.

Sitten he tekivät vuokrasopimuksen vuokranantajan kanssa. Pelkkä puumerkki riitti heiltä. Vuokra oli aika korkea: he laskivat, olisiko varaa siihen, kun heidän jokaisen osuus oli 300 euroa. Mutta heitä olisi viisi maksamassa, eiköhän se sujuisi. 1 600 kruunua yhteensä.

Vaikka Ambralla ja Abikaililla olikin yhteinen huone, kaikki muu maksaisi, huoneiden käyttö, ruokaankin meni rahaa, mutta eiköhän kaikki järjestyisi. Oli pakko, oli aina järjestynyt, niin nytkin.

He saivat asunnon avaimet, joista teetettiin kaikille avaimet, mikä
oli aika uusi juttu heille. Eivätköhän he tottuisi kaikkeen nuorina ja
sopeutuvaisina. Niin he muuttivat vähäiset varansa huoneisiinsa ilman
suurempia ongelmia.

Sängyt ja ruokapöytä oli hankittava. Ehkä Ruotsin valtio auttaisi
heitä alkuun, niin kuin auttoikin. He maksoivat vuokrat ja olivat tyyty-
väisiä, jos kaikki arkielämä sujuisi hyvin. Sujuihan se: he kävivät yhdessä
ostamassa tuolit ja sängyt sekä ruokapöydän tavarataloista joihin Eva ja
Karen heidät opastivat, he kun olivat olleet kauemmin Ruotsissa pako-
laisena vastaanottokeskuksessa. Sieltä oli hyvä siirtyä eteenpäin.

Abikaililla ja Ambralla oli hyvä onni matkassaan, kun saivat näin
pian siirtyä omaan asuntoon, jossa he varmaankin viihtyivät. Asunto oli
lähellä puistoa. Heiltä oli lyhyt kävelymatka sinne, ja niin he kävivätkin
tutustumassa siihen. Siellä oli keinut ja lapsille hiekkalaatikko, jossa
leikkiä, sekä pieni punainen leikkimökki. Ihanteellinen paikka lapsille ja
heille: vaikka lapset olivat pieniä, niin silti siellä leikkiminen sujuisi.

41. LUKU

Puistossa oli muita lapsiperheitä lapsineen, ja he saisivat varmasti heistä
seuraa, sitä paitsi siellä voisi viipyä viikonloppuna koko päivän, eväät
vaan mukaan. Alku oli ihanteellinen heille. He viihtyivät ja nukkuivat
aika hyvin ensimmäisen yönsä. Mutta Ambra näki painajaisia, joihin
sekoittui tapettuja ihmisiä, niitä jotka kylässä oli tapettu, ja he huusivat
hänelle "auta, auta, auta". Hän heräsi kauhuissaan unesta ja toipui vai-
keasti. Hän tajusi, että se oli vaan unta, mutta päivällä hän mietti untaan
ja päätti, että siinä oli sanoma hänelle. Hänen oli tehtävä jotakin, liityt-

tävä pakolaisnaisten järjestöön. Oli naisia, joita oli samalla lailla käytetty hyväksi kuin häntä. Hänen oli löydettävä sellainen järjestö jostain.

He etsivät kirjastossa Karenin ja Evan kanssa, löytyisikö sellainen järjestö, joka ajaisi hyväksikäytettyjen naisten ja lasten asiaa. Sellainen vain oli vaikeata löytää.

Asialla oli kiire. Ambra katsoi, että se oli hänen kutsumuksensa, unen muodossa tullut, hän pohti. Oliko Amnesty International vai Unicef-järjestö? Molemmat järjestöt toimivat asian puitteissa. Hänen oli mitä pikimmin liityttävä niihin. Osallistuttava järjestön kokouksiin tai ryhmiin. Missä olisi lähin järjestö? Heidän oli otettava kaikesta selvää, asia oli sen verran tärkeä hänelle.

Loppujen lopuksi löytyi sellainen Amnesty Internationalin sivujärjestö, jossa tulisi kuuluksi, saisi äänensä kuuluviin. Se oli Amnestyn sivujärjestö, mutta vaikeaa oli tietää, tulisiko silti kuulluksi.

Tukholmasta löytyi sivujärjestö juuri hänen kaltaisilleen, ja hän sai kertoa tarinansa siellä. Tarinan kylistä, joissa oli käynyt ja nähnyt kaikenlaisia asioita, joita oli myös itse kokenut. Asia oli yhä kipeä hänelle. Mutta hän halusi apua naisille ja lapsille, jotka olivat selvinneet ihmeen kaupalla murhista, joita tehtiin kylissä.

42. luku

Hän halusi auttaa raiskattuja naisia ja olla ääni miljoonalle lapselle, jotka oli raiskattu ja tapettukin. Hän ei voisi vaieta kokonaan vaan puhui suunsa kokouksissa puhtaaksi, mutta tehtyä raiskausta ei saanut tekemättömäksi. Eikä väkivallan tekoja, joita oli tehty ja tultaisiin tekemään. Koska kukaan ei mahtanut asialle mitään. Ei myöskään hän puhumalla, mutta tulivatpahan todistetuksi nekin teot, joita hän oli nähnyt ja kokenut.

Oli yksi asia, josta hän myös oli kuullut, eteläafrikkalaisten miesten pahoinpitelystä valkoihoisia kohtaan. Heitäkin oli tapettu ja raiskattu oikein urakalla, tuhansittain. Heidän asuinalueellaan, valkoisille tarkoitetulla asuinalueella. Etelä-Afrikassa sekään ei ollut pieni ongelma. Amnestyn kokouksissa kuuli kaikennäköisiltä, valkoihoisilta naisilta ja miehiltä, kun koko sitä valkoisten seutua oli pidetty kauhun vallassa. Väkivalta oli niin yleistä, ettei sitä aina uutisoitu. Kokouksissa kuuli myöskin sen, etteivät lapset olleet turvassa kylässä tai kaupungissakaan, missä oli poliisejakin. Poliisi ei auttanut.

Lapset olivat lähellä Ambran sydäntä. Hän oli nähnyt viattomien lasten ruumiita kylissä. Sellaisessa asemassa hän oli, että tiesi, mitä afrikkalaiset sotilaat olivat tehneet heille. Hän mainitsi siitä kokouksissa joissa kävi, väkivallasta. Jotain oli tehtävä asialle.

Unicef koettikin auttaa raiskattuja lapsia, että heitä ei raiskattaisi enää. Koko tulevaisuus piloilla. Mutta Afrikan kulttuuri ja käytäntö oli sellainen, että raiskaukset pönkittivät miehistä itsetuntoa. Törkeätä, lapsiinkin kohdistuivat raiskaukset. Heidän olisi kuulunut hävetä. Sen verran salliva oli laki, että raiskauksia harjoitettiin ihan yleisesti kaikkialla.

43 . luku

Etelä-Afrikassa murhataan päivittäin 44 ihmistä. Lähes joka kolmas mies tunnusti raiskanneensa ainakin kerran elämässään. 33 prosenttia –

mikä olikaan todellinen määrä, herra ties, tietää itse. Silmitön väkivalta on elimellinen osa eteläafrikkalaista valtarakennetta.

Onkohan lapsia otettu mukaan ollenkaan, kun puhutaan raiskauksista? Onneksi ihmisoikeusjärjestöt ovat tietoisia tilanteesta. Mistä musta väkivalta johtuu? Murhat tehtiin 1990-luvun vaihteessa. Etelä-Afrikan mustia jäseniä murhattiin 80 600. Murhista 1 400 oli mustien afrikkalaisten tekemiä mustille. Tämä ei oikein sovi kuvaan valkoisesta rasismista.

Etelä-Afrikan väkivaltaisuuksien perimmäisenä syynä oli poliittinen valta. 1990-luvulle tultaessa mustat ehtivät tappaa apartheidjärjestelmän sisällä. 13 500 mustaa poliittisista syistä. Valkoiset tappoivat vain 7 500 mustaa, joista suurin osa kuului laittomiin terroripartisaaniryhmiin. Viimeisten 63 vuoden aikana mustat ovat tappaneet valkoisia sata kertaa enemmän kuin valkoiset mustia. Etelä-Afrikka on malliesimerkki siitä, kuinka tyhjänpäiväistä on puhe rodullisesta tasa-arvosta, kun toiset eivät kunnioita mitään lakia, sekä puheet mustien ja valkoisten veljeydestä. Poliitikot vetävät maahanmuutto- ja pakolaislinjauksen ja tarjoavat sitä kansalle. Olisi syytä tutustua monikulttuurisiin maihin ruusunpunaisten propagandan sijaan. Rodut ja rotujännitteet eivät ole uskon asia, eivät todellakaan. Ne ovat biologiaa eivätkä katoa kiistämällä.

Eikä ole uskominen poliitikoihin tai ideologisiin taikasanoihin. Ovatko suomalaiset yhtä tyhmiä, että antavat anteeksi sisariensa raiskaukset tai veljiensä tappamisen? Näköjään annamme kaiken anteeksi, miksiköhän? Onko näin, että jumalan on kosto kristinuskon mukaan? Antakaa anteeksi, kääntäkää toinenkin poski. Jos teitä lyödään jne.

44. luku

Mitään kaunista sanottavaa ei ole eteläafrikkalaisista miehistä. Vaan tilastot puhuvat puolestaan, kertovat tosiasiat heistä kaunistelematta. Ei voi kuin ihmetellä, kuinka sellainen voi jatkua, vuodesta toiseen. Apartheidjärjestö on pahentanut asioita valkoisten ja mustien välillä. Siitäkään ei ole mitään hyvää sanomista, vaan se lisäsi ennestään jo ollutta väkivaltaa valkoisten ja mustien afrikkalaisten keskuudessa. Sen tähden se lopetettiinkin 1990-luvulla.

Ambra oli kuitenkin selvinnyt Abikailin kanssa. Hän täytti kolmetoista vuotta niin kuin Abikailkin He eivät tienneet syntymäpäiviään, siksi viettivät ne yhdessä. Ambra sai pätevyyden lasten kanssa. Hän pääsi kriisikeskuksiin töihin ja oppi ja opetti. Siellä käsiteltiin myös raiskattujen tyttöjen ja naisten auttamista, että he selviäisivät. Oli tuoreita tapauksia, joita hyväntekeväisyysjärjestöt olivat auttaneet maahan.

Ambra oli hyvä kuuntelija ja ymmärtävä, auttoi selviämään pahimman yli sekä kuunteli heidän itkuaan, ja kun osa pystyi puhumaan jutellen, auttoi eteenpäin. Ambra todella välitti ei vain oman maalaisistaan vaan muistakin maista tulleista, jotka nyt oli pelastettu kotimaastaan, kehitysmaista. Hän ei jäänyt toimettomaksi minkään tapauksen suhteen.

Hänen lapsiaan hoitivat Karen ja Eva. Abikail oli töissä siivoamassa.

Ambra oli tukena ja kertoi omista kokemuksistaan lapsena. Lapsihan hän oli vieläkin, teini, kolmetoistavuotias. Hän kertoi kokemuksistaan, jotka oli kokenut kantapään kautta. Ambra oli selviytyjä, jolla oli päämäärä auttaa toisia naisia ja samanlaisia lapsia kuin hän oli ollut. Hänkin oli saanut apua, mutta oman neuvokkuutensa ansiosta oli selvinnyt Abikailin kanssa matkastaan Afrikan halki rannikolle, mistä laivaan ja sillä turvaan pohjoismaihin. Olihan siinä kokemusta kerrakseen, hän oli selvinnyt villieläimistä, aavikkopalosta, kahden lapsen synnyttämisestä, vaikka oli itse vielä lapsi. Nyt olivat hyvin asiat.

45. luku

Tapaus oli hänen mielessään, murhat, niistä oli hyvä kertoa muille. Sama päti muihinkin apua tarvitseviin. Kertominen vähän lohdutti, ja hän veti oikeuteen, jos löysi syyllisen hirveisiin tekoihin. Mutta yhä useammin he pääsivät kuin koira veräjästä jäämättä tapahtuneen jälkeen paikalle, saati että olisivat katuneet. Päinvastoin olivat ylpeänä itsestään, teoistaan, kun olivat naisen ja lapsen raiskanneet.

Selittämätöntä, että naiset ja lapset olivat kai miesten omaisuutta, miehille kuuluvaa, niin että sai tehdä mitä halusi naiselle – tai vielä pahempaa – varsinkin lapselle, niin kuin Ambra oli ollut.

Moni ei kuitenkaan selvinnyt, ja heidän puolestaan Ambra puhui järjestössä ja ihmisille, tosin hän sai miehistä vihollisia itselleen. Mutta hän ei voinut vaieta asiasta, joka oli niin useaa koskettanut. Ambralla oli omatunto ja itsetunto tallella, mitä ei voi sanoa raiskaajista: omaatuntoa vailla olivat, itsetuntokin varmaan nollilla. Joten raiskaus nosti miehistä itsetuntoa, se oli tekosyy asialle.

Ambra kävi hengellisissä kokouksissa perheensä kanssa. Tajusi, että oli vain yksi jumala, joka oli taivaassa, ja hän halusi palvella tätä sekä saada syntinsä anteeksi ja myös jumalan rauhan sielulleen. Hän saikin lohdutusta, mutta jatkoi työtään järjestössä, jonne tuotiin tyttöjä, joille täyty tehdä lääkärintarkastus, juuri tulleet maahan. Oli monenlaista kokemusta ja tarinaa. Hän kertoi yhdestä Jumalasta ja Jeesuksesta, joka sovitti synnit. Hänen oli vaikea ensin itse hyväksyä tuota tekstiä Jeesus sovitti synnit. Niin että tarvitsiko maanpäällistä oikeutta ollenkaan?

Mutta hän oppi hyväksymään kristinuskon, joka palveli yhtä Jumalaa eikä henkiä, niin kuin Afrikan maaseudulla, missä Ambra oli asunut. Hän teki Jumalan kanssa sovinnon ja sai rauhan sydämeensä, mistä kertoi sitten muille. Kaikki eivät tienneet yhdestä Jumalasta mitään. Usealla oli ollut, varsinkin maaseudulta tulleilla, monta jumalaa, joita palvella, mutta Ambra rukoili heidän puolestaan, kun oli itse oppinut sen. Sehän useimmin saikin rauhoittumaan tytön tai naisen, jota oli käytetty hyväksi. Rukoilemalla vaan.

Päätämme tähän tarinan, joka on tarina Ambrasta, joka on selviytyjä kaikesta vastoinkäymisestään huolimatta.

Loppulause.

Kiitos kaikille, jotka olette tehneet mahdolliseksi kirjani. Kiitos.

Helsingissä Helli Karimus